1966 in Deutschland geboren, veröffentlichte in den letzten zehn Jahren zahlreiche CDs, arbeitet für Theater, Film und Fernsehen, tourt regelmäßig solo oder mit Band durch die Republik und hat inzwischen eine eingeschworene Fangemeinde. Er lebt in Hamburg.

«Der Großmeister des Szene-Entertainments feiert sein Comeback.» PRINZ

Rocko Schamoni

Roman
Rowohlt Taschenbuch Verlag

Originalausgabe

Veröffentlicht im Rowohlt Taschenbuch Verlag GmbH,

Reinbek bei Hamburg, April 2000

Copyright © 2000 by Rowohlt Taschenbuch Verlag GmbH,

Reinbek bei Hamburg

Umschlaggestaltung C. Günther / W. Hellmann

(Foto: Dorle Bahlburg)

Alle deutschen Rechte vorbehalten

Innengestaltung Daniel Sauthoff, Hamburg

Satz New Baskerville PostScript (QuarkXPress 4.02)

Gesamtherstellung Clausen & Bosse, Leck

Printed in Germany

ISBN 3 499 22553 0

Die Schreibweise entspricht den Regeln der neuen Rechtschreibung.

Gewidmet meinen Freunden

Ich, als Autor, übernehme die volle Verantwortung für alle im Text enthaltenen inhaltlichen, grammatikalischen sowie rechtschreiberischen Absonderlichkeiten. Ich habe auf dem Abdruck des Textes in seiner jetzigen Form bestanden und entlasse somit die Lektorin wie den Verlag aus der Rechtfertigungspflicht.

INHALT

SALEIKA 6
EIN DENKWÜRDIGER AUSFLUG 9
DIE SACHE MIT DEM KOKSAIN 12
DER PUSZTABARON 15
MAGIE DER MANEGE 24
NEW YORK 41

Lady Gulliver:
Ein erotischer Bericht aus dem Musikbusiness 49

WAS DIE WELT NOCH BRAUCHT 57
DER SCHWARZE HAHN 64
DIE INSEL 75

Der grosse Touch 80

ASIEN 93

Mit aller Leidenschaft 98

PARIS 118
EXPEDITION INS REICH DES WASSERS 129
DIE HAMBURGER SCHULE – EINE DEUTSCHE GESCHICHTE 139

Fragmente der Angst 144

DIE HAMBURGER SCHULE – ZWEITER TEIL 150

EPILOG 158

SALEIKA

Ich wuchs in einem kleinen Dorf an der Donau auf, das Saleika hieß. Es gab fünf Dutzend Häuser, allesamt aus dem Holz eines nahen Rotbuchenwaldes erbaut, eine kleine, alte steinerne Kirche und hinter dem Dorf ein riesiges Feld, auf dem sechs Monate des Jahres die größte Kirmes des ganzen Landstriches stand. Das gesamte Dorf arbeitete hier. Meine Mutter wusch tagtäglich die Gondeln des Riesenrades. Mein Vater arbeitete als Schlangenmensch in einem Kuriositätenzelt. Jeden Tag um 12 Uhr hatte er dort seine große Show. Er nannte sich «Bollek – die lebende Schlange» und zog so immer eine große Schar von Zuschauern an. Man muss wissen: Mein Vater ist Inder, ein großer, stolzer und ungewöhnlich schöner Mensch. Frauen und Hunde wurden in seiner Gegenwart unwillkürlich nervös, die Frauen wegen dem Mann, die Hunde wegen der Schlange. Er war ein gefährliches Raubtier von tiefer, funkelnder Angriffslustigkeit und hatte den Gang eines prächtigen schwarzen Panthers.

Jeden Tag um Punkt 12 Uhr stand unsere ganze Familie vor dem Zelt und wartete ungeduldig auf den Beginn der Show. Unruhig zappelten wir auf den engen Zeltbänken mit den Beinen, und was war das jedes Mal für ein Moment der Erlösung, wenn der Gong erklang und im dunklen Licht, nur spärlich bekleidet, Bappa endlich auf die Bühne kam. Ein leises Quietschen rang sich aus unseren kleinen Mündern, uns stockte der Atem.

Bappa, mit nichts bekleidet als einem großen Turban um den Kopf, schlich katzengleich in die Mitte der Manege, in der ein großes Himmelbett stand, das anstelle einer Matratze ein Nagelbrett als Liegefläche hatte. Mit verführerischen Gesten legte er sich danieder und begann sich zu rekeln. Spätestens jetzt war das Publikum völlig in seinem Bann. Ich und meine spanischen Brüder hielten uns an den Händen. Mein Vater drehte sich langsam auf dem Bett und zeigte alles an seinem wunderschönen Körper nach allen Seiten. Das Publikum war begeistert. Plötzlich, auf einmal, blitzschnell hatte Bappa eine Schlange in der Hand. Keiner wusste, wo die herkam, ich weiß es bis heute nicht. Langsam führte er ihren Kopf auf seinen Mund zu, wobei er sie geschickt mit den beiden Händen, die er links und rechts hatte, hielt. Unter einem Aufschrei des Publikums steckte er sie plötzlich in den Mund, lutschte kurz daran und nahm sie wieder heraus. Die Schlange dampfte vor Animalität. Wieder steckte er sie in den Mund und wieder und wieder, jedes Mal ein Stückchen tiefer. Meine Brüder und ich waren sehr aufgeregt und hielten uns eng umschlungen, wir waren schließlich nicht viel älter als achtzehn Jahre alt. Mein Vater hatte die Schlange fast ganz in seinem Schlund, nur das Schwanzende hielt er noch mit den Fingern fest. Wie sinnlich er aussah, die glänzenden Lippen wild aufgeworfen, der weiche Körper ein Ausdruck der Ekstase. Dann riss er sich mit einem gurgelnden Schrei das Reptil aus dem Hals und schmiss es in die schreiende Menge. Die Leute stoben auseinander, näherten sich aber sofort wieder: Die Schlange war tot. Tosender Applaus!

Bappa rekelte sich langsam vom Bett, das sofort von vier dänischen Lakaien aus der Manege getragen wurde. Langsam beruhigte sich das Publikum wieder, Stille trat ein. Allein stand Bappa in der Mitte des Zeltes, die Augen konzentriert geschlossen. Warmes Licht umspielte seine schmalen Schultern. Mit einer mysteriösen Geste griff er auf einmal in das Dunkel zwischen seinen mächtigen, dicken Beinen und hielt, wie aus dem Nichts, ein kleines Säckchen in der Hand. Mit diesem stellte er nun allerlei Schabernack an, er redete mit ihm, setzte ihm eine Nase auf und trieb jeden herrlichen Unsinn damit, den man sich vorstellen kann. Besonders wir Kinder waren begeistert, jubelten ausgelassen und machten uns vor Vergnügen fast in die Hosen. So war Bappa.

Nach der Show warteten wir hinter dem Zelt. Wenn Bappa herauskam, bestürmten wir ihn, umarmten und küssten ihn, wir waren wie junge Hunde. Oft roch Bappa unangenehm nach Schweiß und Ausdünstungen, da er sich sehr selten wusch, und ich weiß noch genau, wie ich mit der einen Hand meinen Bappa umarmt hielt und mir mit der anderen die Nase zukniff.

Wir waren im ganzen Dorf sehr angesehen. Wenn wir vorbeigingen, zeigten die Leute mit den Fingern auf uns und lachten. Wir fühlten uns immer sehr geschmeichelt und winkten oder zeigten zurück.

Am südlichen Ende des Dorfes, gleich hinter dem letzten schönen Rotbuchenhaus, wohnten wir. Bappa hatte dort ein großes Loch ausgehoben, das mit einer Plastikplane überdeckt war. Um das Loch herum hatten wir unsere alltäglichen Lebensgegenstände verteilt, Mama hatte dort eine Feuerstelle und wir unser Spielzeug. Abends, wenn es kalt wurde, krochen wir alle in das Loch und kuschelten uns eng aneinander. Wir waren eine Kuschelfamilie.

Einer der schönsten Tage meiner Jugend war der Tag, als Bappa auf mich zukam und sagte: «Komm, Junge, pack deine Sachen, ich will mit dir verreisen.» Als ich ihn fragte, wohin, sagte er nur: «Paris.»

Ich und Bappa in Paris, der Stadt der Liebe, das war mein schönster Traum. Juchzend packte ich die paar Dinge zusammen, die ich brauchte. Wir hatten einen alten Ochsenkarren, und der wurde hergerichtet. Mamutschka hatte den ganzen Karren mit einer Art Schmiere eingewichst, damit er glänzte und Diebe abschreckte. Ich war so stolz. Bappa hatte sich seinen gewaltigen ungarischen Schnurrbart mit Pferdedung steif gewachst und trug sogleich einen Heiligenschein aus Fliegen um den Kopf. Er hatte sich einen braunen Lappen um die Lenden gewickelt und sah sehr majestätisch aus. Vorne auf dem Kutschbock nahmen wir Platz, winkten unseren Lieben zum Abschied, und dann ließ Bappa die Peitsche knallen.

Na ja, was soll ich sagen, so ging es die ganze Reise, und ich war froh, als wir endlich wieder zu Hause waren.

EIN DENKWÜRDIGER AUSFLUG

Ein anderes Mal machten wir mit der ganzen Familie einen Ausflug.

Wir wollten zu einem See in der Nähe fahren, um dort zu baden. Der Karren wurde festlich hergerichtet, Mamutschka hatte lauter bunte Bänder und Fahnen in Form von Wimpeln an ihm befestigt. Sie hatte einen ausgesprochenen Sinn für das Dekorative. Uns Kinder hatte sie von Kopf bis Fuß mit einer Art Paste aus alten Essensresten eingeschmiert. Das sollte ihren Stolz und ihre Erregung ausdrücken, so glaubten wir. Wir waren uns aber nie ganz sicher, was sie wirklich dachte, da sie ja nicht sprechen konnte. Bevor wir irgendwohin fuhren, war es immer eine besondere Zeremonie, den guten alten Onkel Schoffo abzuholen, da der Weg zu ihm einmal durch das ganze Dorf führte und wir uns so in unserer Pracht herzeigen konnten. Schoffo wohnte direkt hinter der Kirmeslatrine. Das heißt, dorthin ging er nachts und wickelte sich in eine alte Eselshaut ein, um dann zu schlafen. An diesem Ort fühlte er sich irgendwie sicher. Bappa lenkte den Karren in gemächlichem Schritt durch Saleika. Er trug den Kopf hoch und stolz, und uns lief das Wasser im Munde zusammen, wenn wir ihn nur ansahen. Mein Gott, war dieser Mann schön. Bei jedem Steinchen auf dem Weg zitterten seine dicken, hängenden Schenkel, und die schmalen Schultern hatte er weit zurückgeworfen, als wenn er gegen einen gigantischen Fahrtwind zu kämpfen hätte. Meistens summte er irgendwelche indischen Volksweisen vor sich hin. Wenn wir an der Latrine ankamen, nahm Bappa die Peitsche und ließ sie kräftig schnalzen. Dann wühlte sich der Onkel aus seinem Esel, stand auf, reckte sich und wrang seine feuchte Kleidung aus. Er war stets gut gelaunt, soviel sein angeschwollenes Gesicht überhaupt erkennen ließ. Wir hievten ihn auf den Kutschbock neben Bappa, und weiter ging die schöne Fahrt. So auch dieses Mal.

Am Ortsausgang trafen wir auf einen weiteren Ausflugswagen. Dieser gehörte Kohlraab und seiner Familie. Kohlraab war der Tigerdompteur in Bappas Zirkus und sein erbitterter Rivale um die Gunst des Direktors. Die beiden hassten sich, und wir hassten Kohlraab. Er war ein hässlicher, spindeldürrer großer Kerl, der aussah wie ein Weberknecht. Ein Auge war ständig entzündet und lief, ich weiß nicht mehr genau, welches es war, entweder das rechte oder das linke. Er ließ keine Möglichkeit aus, Bappa beim Direktor anzuschwärzen. Seine Frau war eine schäbige alte Schabracke, die ihm an bösartiger Intriganz in nichts nachstand, und die Kinder waren wie ein Haufen aufgebrachter Hyänen, bereit, alles zu zerreißen, das ihnen in die Fänge kam. Sie erreichten den Ortsausgang vor uns, was sie mit angeberischer Manier quittierten. Bappas Gesicht wurde dunkel vor Zorn. Er schwang die Peitsche und begann auf unseren Ochsen einzuprügeln. Das gepeinigte Tier verfiel in einen wilden Galopp, und dabei wurde Mamutschka vom Wagen geschleudert, und wir sollten sie erst viel später wiedersehen. Wir brüllten wie die Teufel und schmissen mit allem, was wir zur Hand hatten, auf die Kohlraab-Bande. Auch die hatten ihrem Ochsen die Peitsche gegeben und versuchten, die Führung zu behalten. Wir schafften es, seitlings zum Karren der Kontrahenten zu gelangen, und ich schnappte mir Schoffos Gehstock. Mit einem gezielten Hieb stach ich einem der Dompteurssöhne ein Auge aus. Der schrie wie am Spieß, aber seine Leute achteten nicht auf ihn. Ich lachte ihn gellend aus und versuchte auch noch, ihm Bröckchen von Ochsendreck in das neue Loch zu schmeißen.

Bappa kam auf die glorreiche Idee, den gegnerischen Streitwagen zu rammen. Mit einem Ruck zog er den Ochsenkarren nach rechts. Die Deichseln unserer Räder schlugen krachend aufeinander, Funken stoben und das Wagengebälk ächzte. Onkel Schoffo wurde an seinem Sitz auf dem Kutschbock festgebunden. Dann setzten wir zum Entern an. Im gleichen Moment gab es ein splitterndes Donnern, und die Wagen rasten beide nach rechts in die Böschung. Kohlraabs Vorderachse war gebrochen, und er riss uns mit ins Verderben.

Es gab einen krachenden, klatschenden Aufprall, wir flogen meterweit, und dann umgab uns weiche, kalte Soße. Wir waren im Gülleteich des Dorfes gelandet.

Die meisten von unserem Klan tauchten nach ein paar Sekunden wieder auf, Onkel Schoffo aber blieb verschwunden. Kein Wunder – er war ja auch auf dem Kutschbock festgezurrt. Aber wo lag der Wagen nun genau? In einem Gülleteich kann man nichts sehen. Bappa war an Land gekrochen, das Gewicht seiner Beine war beim Schwimmen hinderlich. Dort stand er wie ein Dirigent und gab uns mit den Armen fuchtelnd Anweisungen, wo seiner Meinung nach der Wagen läge. Hinter ihm standen die Kohlraabs und äfften in gehässiger Manier seine Bewegungen nach.

Sie merkten gar nicht, dass sie sich lächerlich machten, wenn sie mit so einem außergewöhnlichen Erotikum wie Bappa wetteifern wollten. Während sie wie graue Enten wirkten, hatte Bappa etwas von einem balzenden Schwan, und wir Söhne betrachteten ihn stolz. Fast keiner tauchte mehr, wir alle starrten Bappa mit offenen Mündern an. Das muss ihn beflügelt haben, denn er tänzelte wie eine Primaballerina am Ufer entlang, die Arme gespreizt, den Hals gereckt, ab und zu zeigte er auf eine beliebige Stelle im Tümpel und hauchte «… Da! …» Aber das war eher ein Alibiausruf, um die Kohlraabs nicht merken zu lassen, wie egal ihm der Onkel längst war. Die verdammten Aasgeier lagen hinter ihm auf dem Boden und johlten, sie mussten sich wohl einen ihrer primitiven Witze erzählt haben, so mutmaßte ich. Aus den Augenwinkeln und eher nebenbei registrierte ich, dass Schoffo aufgetaucht war, er hatte sich wohl selber befreit und kroch schwerfällig an Land.

Irgendwann wurde uns allen kalt – es war schließlich Winter –, und wir stiegen aus der Gülle. Das halbe Dorf hatte sich versammelt, und man lachte und zeigte mal wieder auf uns. Wir fühlten uns sehr geschmeichelt und lachten und zeigten vergnügt zurück. So eine Dorfgemeinschaft ist etwas sehr Schönes. Dann zockelten wir glücklich nach Hause, es war ein denkwürdiger Ausflug gewesen.

DIE SACHE MIT DEM KOKSAIN

Ein paar Jahre waren vergangen, und wir hatten uns alle sehr verändert.

Wir waren ständig alle voll gepumpt mit irgendwelchen Drogen. Am härtesten war Bappa drauf. Er war oft derart zugeknallt, dass er einfach umkippte und wegsedierte. Das bedeutete für uns, dass wir noch mehr Kohle ranschaffen mussten, um das ganze verdammte Koksain zu besorgen, das wir verballerten. Wir gingen alle auf den Straßenstrich. Gleich hinter Saleika war der längste Ochsenkarrenstrich der Welt. Dort standen wir Tage und Nächte. Ich, meine kleinen stämmigen Brüder und Mamutschka. Der verdammte Bappa lag im Loch. Onkel Schoffo auch. Ab und zu hatten wir das Glück, dass ein Bauer die ganze Familie mitnahm. Dann hielt einer von uns den Arsch hin und die anderen klauten ihm das Haus leer. Wir versetzten den geklauten Krempel auf dem Schwarzmarkt und kauften uns Koksain. Jeder von uns hatte einen Geheimplatz, an dem er seinen Stoff vor den anderen versteckte. Oft passierte es, dass wir, die Kinder, nach Hause kamen, und Bappa hatte das ganze Loch auf den Kopf gestellt, um unser Zeug zu finden. Das gelang ihm auch manchmal. Jedes Mal, wenn Bappa also so ein Depot von uns geplündert hatte, lag er total dicht in irgendeiner Ecke rum. Dann schlugen wir ihn brutal zusammen, aber das war ihm auch egal. Er sagte immer: «Du kannst alles machen, lass nur niemals deinen Hut auf einem Bett liegen, das bringt Unglück!» Das hatte er sich aus irgendeinem bescheuerten Film abgeguckt.

In den Wänden unseres Loches endeten diverse Maulwurfskanäle. In einem davon hatte ich einen kleinen Plastikbeutel mit ca. fünf Gramm feinstem Koksain versteckt. Das war meine Notreserve für schlechte Tage. Ich war echt süchtig. Ich kam so um zwei Uhr nachts nach Hause, die anderen lagen schon im Loch. Ich hatte einen wahnsinnigen Affen. Das quirlige Tier hörte auf den Namen «Tuto Fuzzi» und kreischte vor Freude, mich wieder zu sehen. Der Affe war mir jetzt egal, ich stolperte zum Versteck und griff hinein. Es war leer. Ich bekam einen panischen Schweißausbruch. Mein Hirn rotierte. Ein Wort: BAPPA, ein Gefühl: HASS

In irgendeiner Ecke entdeckte ich die Ratte. Er war augenscheinlich kollabiert, lag in einer grauen Pfütze. Ich sprang zu ihm hin und riss ihn an den Haaren hoch. Ich schlug ihm die Faust in die Fresse. «Bappa, du mieses Schwein, was hast du mit meinem Stoff gemacht?» Er schielte mich durch seine angeschwollenen Augen an. Er sagte: «Mein Sohn, wir müssen aufhören, mit diesem Wahnsinn, wir machen uns ja gegenseitig fertig, lass uns zusammen entziehen!» Ich fing an zu weinen. Wie Recht er hatte! Wo hatte uns dieses Teufelszeug bloß hingebracht? Bappa weinte auch und wir umarmten uns in der Mitte. Wir sanken auf den Boden. Zufrieden schliefen wir ein.

Der Entzug war schrecklich. Wir hatten uns viele Kästen Alkohol und einige Gramm Koksain gekauft, damit die harte Zeit am Anfang nicht so schwer fiel. Wir wollten eine geschlagene Woche in dem verdammten Loch bleiben, bis wir wirklich clean waren. Eigentlich war die Zeit ganz geil. Also, ich meine, der körperliche Entzug war gar nicht so schwer. Wir waren ständig auf Bier, und wenn es hart wurde, dann nahmen wir einfach etwas Koksain, das half gegen das Schlimmste. Wir hatten einen Mordsgaudi, um ehrlich zu sein. So 'n Entzug ist 'ne prima Sache. Wenn man's richtig macht. Nach einer Woche waren wir durch das Gröbste durch, wir waren clean, aber wir wussten, dass uns das Schwierigste noch bevorstand: der psychische Entzug. Aber der war eigentlich auch kein Problem. Mit dieser wunderbaren Mischung – Bier und Koksain – konnte man einfach alles überstehen, selbst einen Drogenentzug. Als wir mit dem psychischen Entzug fertig waren, fühlte ich mich wunderbar. Unglaublich frisch und energiegeladen. Auch den anderen ging es blendend. Mamutschka packte einen Korb mit Essen zusammen und schrieb auf einen Zettel: «Kommt, meine Söhne, wir wollen wieder anfangen zu arbeiten.» Gut gelaunt zogen wir raus. Es war ein herrlicher Frühlingstag, und wir waren die Ersten auf dem Strich.

DER PUSZTABARON

Ich weiß noch, früher, also in der Zeit vor Saleika, waren wir eine richtige Räuberfamilie. Wir kommen ja aus dem Slowakischen her, und zwar aus einem kleinen Nest in den Südkarpaten. Ich habe noch viele lebhafte Erinnerungen an diese schöne Zeit. Es war eine Zeit voller Romantik und Abenteuer, mit Räubern und Piraten. Verschiedenste Gerüche konnte man riechen und Tauben flogen herum. Wir lebten in einer alten Burgruine, und so vermute ich, dass wir von einem alten Raubrittergeschlecht abstammen. Auch unsere Kleidung ließ darauf schließen, denn wir trugen Schnabelschuhe und Samtmützen mit verschiedenen Zipfeln dran. Bappa, unser Anführer, wurde der «Pusztabaron» genannt und hatte einen Brustharnisch umgeschnallt. Ständig machte man voreinander Diener oder schlug sich mit dem eisernen Fehdehandschuh ins Gesicht. Degengefechte waren an der Tagesordnung.

Wenn wir in Geldnot waren, ritten wir einfach von unserem Hügel runter und überfielen irgendein Dorf. Meistens stürmten wir zuerst in den örtlichen Käseladen, und dann gab's Käse satt. Wir waren alle totale Käsefans. Ich weiß noch genau, wie wir mal wieder in unserer Burg rumhingen und uns langweilten. Wir waren wirklich eine große Familie, und trotzdem konnten wir miteinander nichts anfangen. Ständig gab's kleine Zankereien, die sofort in brutale Schwertkämpfe übergingen. Irgendwann wurde es Bappa zu viel und er gab den Befehl, den Esel vor den Karren zu spannen. Er wollte mit uns einen richtig ausgiebigen Raubzug durch mehrere Städte bis hin zur Hohen Tatra und zurück machen. Wir waren begeistert. Bevor wir losfuhren, schlugen wir noch die Katzen tot, denn es war niemand da, der sie hätte füttern können.

Bappa hatte seinen eisernen Brustharnisch angelegt.

Mamutschka hatte ihn mit Silberfolie überklebt, damit er glänzte und nach Metall aussah. Bappa setzte sich auf den Kutschbock, und während wir dazustiegen, kratzte er nachdenklich die Folie wieder ab. Mamutschka war meinem Vater schon damals ein Mysterium, sie war der trübe Weiher, in dem er fischte, er konnte sie einfach nicht verstehen. Das ging den meisten bei uns so. An diesem Tag hatte sie sich als Hexe verkleidet, mit einem Buckel und einer langen Pappnase im Gesicht. Warum nur, warum? Das machte doch gar keinen Sinn auf einer Räubertour. Wenn man sie fragte, bekam man keine sinnvolle Antwort, sie kicherte bloß nichts sagend. Wir anderen fanden das total albern und verloren rasch das Interesse.

Als alle auf dem Wagen waren, fuhren wir los. Hoppla heißa ging die Fahrt, und wir sangen schöne Räuberlieder. Etwa wie: «Rauben ist gut, rauben, das bringt es, wir rauben viel, wenn es geht …» Das machte richtig Stimmung auf unserem Karren. Der erstbeste Reisende, der uns über den Weg lief, wurde erst mal gründlich ausgeraubt: Das war irgendein Edelmann aus Castrop-Rauxel, der mit seinem Benz eine Reifenpanne hatte. Nachdem wir ihm sein Geld und seine Turnschuhe weggenommen hatten, banden wir ihn an einen Baum. Um ihn zu demütigen, spielten wir Indianer mit ihm und beschossen ihn mit Saugpfeilen. Er war so wütend, dass er schrie und spuckte, aber wir machten nur Nachäffgeräusche und hüpften um ihn rum. Das brachte uns total Spaß. Irgendwann wurde uns langweilig, und wir hauten ab, ohne uns zu verabschieden.

Jetzt ging es in Richtung des ersten Dorfes, das wir einnehmen wollten. Das war ein Kaff mit Namen Filakovo, schon fast im Ungarischen. Wir fuhren mit dem Karren in den Ortskern und sahen uns um. Bald entdeckten wir einen Käseladen, und von da an waren wir nicht mehr zu halten. Schreiend stürmten wir hinein und fesselten den Besitzer.

Dann stopften wir uns mit Tilsiter voll, bis aber nichts mehr reinging. Der Tilsiter, den wir nicht mehr essen konnten, wurde auf den Karren geladen. Dann durfte jeder von uns dem Käseverkäufer in den Hintern treten, das brachte einen Mordsgaudi. Zufrieden und satt verließen wir den Laden. Es wurde Zeit, sich ein wenig im Ort umzusehen.

Filakovo war eine kleine Arbeiterstadt, es gab hier so gut wie nichts zu holen, in den Läden herrschte totale Ebbe. Wir waren schwer enttäuscht. Immerhin hatte man hier schon geteerte Straßen, witzelte einer meiner Brüder. Schließlich kam ein Polizist des Weges, und um die Stimmung ein wenig zu heben, beschloss Bappa, ihn zum Schwertkampf herauszufordern. Er zog sein Breitschwert und ging auf den Schutzmann los. Aber der rannte schreiend weg, das war eine weitere herbe Enttäuschung für uns. In einem kurzen Plenum beschlossen wir, nach einem Ort zu suchen, der mehr zu bieten hatte. Bappa berichtete von einem kleinen Fleckchen namens Nimzy, das ein wenig weiter nördlich in Richtung der Tatra lag, dort würden die slowakischen Politkader oft Urlaub machen, es gäbe dort alles im Überfluss. Das baute uns wieder auf, und wir freuten uns auf unser neues Ziel. Nimzy.

Wir fuhren auf der Stelle ab und verließen Filakovo durch einen Seitenweg, um eventuelle Verfolger abzuschütteln. Bappa lenkte den Eselskarren zwar langsam, aber im unberechenbaren Zickzackkurs über die Straße, so konnten uns auch Scharfschützen nicht treffen. Wir hatten einiges an tschechischem Pilsener geladen, um die Stimmung trotz des Fehlstarts zu heben. Funktionierte einwandfrei. Ein Motorrad, das uns entgegenkam, wurde angehalten und der Fahrer ordentlich verkloppt. Dann schnallten wir das Motorrad neben dem Esel vor den Karren, einer hat sich drauf gesetzt und Gas gegeben, um dem Esel zu helfen. Da ist der Karren dann dem Esel voll von hinten in die Fersen gefahren. Der

Esel hat erst wie blöd ausgeschlagen und wollte danach keinen Schritt weiter gehen. Schließlich haben wir ein Lager hinter dem Knick aufgeschlagen und das Portemonnaiespiel gespielt. Vorne auf der Straße lagen ein Portemonnaie und ein paar Münzen, das Ganze an einem Band befestigt. Irgendwann kam ein wandernder Zimmermann vorbei, der bückte sich, um das Ding aufzuheben, und als wir es wegzogen, ist er auch noch hinterhergelaufen. Da hat er aber erst mal eine runtergekriegt. Na ja, es wurde doch noch ein schöner Abend, und alles klar.

Am nächsten Tag sind wir dann richtig losgefahren Richtung Nimzy. Die Reise über haben wir uns ziemlich zurückgehalten, um keine Spuren zu hinterlassen, ernährt haben wir uns von unseren großen Käsevorräten.

Nach drei Tagen kamen wir in Nimzy an. Es war tatsächlich ein herrliches, pittoreskes Örtchen mit einigen alten Gutshäusern und einem wunderschönen See, an dem große Badehäuser standen. Ein paar Nobelwagen standen an den Straßen herum. Wir fuhren ins Zentrum, dort gab es eine nette kleine Einkaufspassage und zwei Restaurants. Zuerst wollten wir die örtliche Polizeiwache aufsuchen, um sie zu annektieren, aber wir fanden keine. Erstaunlich, so viel Reichtum und gar keine Schutzinstanzen dafür. Umso besser. Wir kehrten in die Einkaufspassage zurück, schnallten unsere Waffen um und fielen schreiend in die Geschäfte ein. Wir schafften alles weg, was wir tragen konnten. Wer sich uns in den Weg stellte, bekam ein Ohrfeigenkonzert der Spitzenklasse zu hören. Nachdem wir die gesamte Einkaufszeile verwüstet hatten, stürmten wir brüllend in Richtung des Sees und der Villen. Die erste, die wir erreichten, war eine große Prachtvilla aus dem 19. Jahrhundert mit einem penibel gepflegten Rosengarten davor. Wir schlugen uns mit den Schwertern einen Pfad durch die Rosen wie durch einen Dschungel, den Luxusdschungel der Privilegierten. Die mächtige Eingangstür beschlossen wir direkt mit einem Bock zu rammen, was sollte das Anklopfen, man würde uns sowieso nicht öffnen. Es wurde ein Baum gefällt und geästet. Mit je vier Familienmitgliedern an jeder Seite brachten wir den Bock in Position und nahmen das Portal. Die Tür barst schon beim ersten Anlauf und gewährte uns freien Eintritt. Drinnen war es wunderschön. Zwar waren viele der ursprünglichen Luxusgegenstände nicht mehr da, aber viele waren noch da. An den Wänden hingen Bilder der Kader in den Rahmen der Ahnen dieses Hauses. Wir schauten uns erst mal kurz um. Als wir entdeckten, dass nichts Essbares zu holen war, erschien uns Vandalismus die angebrachteste Initiative, und wir machten uns eine vergnügliche Stunde durch das Zerhobeln der Inneneinrichtung. Als uns langweilig wurde, beschlossen wir weiterzuziehen.

Ca. hundert Meter weiter begann das nächste große Seegrundstück, in dessen Zentrum eine etwas kleinere schneeweiße Villa stand. Um die entstandene Leere in uns zu überwinden, drehten wir voll auf und stürmten auch dieses Grundstück schreiend. Vor dem klassizistischen Säulenportal stoppten wir kurz ab, um unsere Vorgehensweise zu überdenken. Wir kamen überein, dass es am besten wäre, mit aller Kraft gegen die Tür zu laufen, denn diese schien etwas leichter zu knacken als die letzte. Wie gesagt, so getan, bei der ersten Berührung öffnete sich die Tür fast wie von selber, und wir stolperten ins Innere des Gebäudes. Erneut standen wir in einem Treppensaal, aber dieser war etwas kleiner und schlichter als der letzte, es hingen auch keine Ölgemälde herum, sondern stattdessen Plakate. Beim näheren Hinsehen bemerkten wir, dass es Plakate von «Elektrik Kezy Mezy» und seinem Unterhaltungszirkus «Kurva» waren.

Zu der Zeit war Elektrik Kezy Mezy in der Slowakei der

größte Unterhaltungsstar, er fuhr mit einem Zelt und einem großen Tross an Leuten durchs Land und bot den Menschen eine Show der superlativen Grotesken, eingebettet in einem normalen Zirkusprogramm. Er selber trat immer in einem Spezialkostüm auf, das über und über mit kleinen Glühbirnen benäht war, die in bestimmten Showmomenten aufleuchteten. Auch konnte man einen Stromschlag versetzt bekommen, wenn man ihn berührte. Er war ein wirkliches Showass und ein Ausbeuter der Sonderklasse. Alles, was den Voyeurismus des Publikums befriedigte, wurde gezeigt. Von den siamesischen Zwillingen Katja und Nadja, die sich immer stritten, weil sie nie das Gleiche wollten, über ein Kalb mit zwei Köpfen bis hin zu einem Einbeinigenballett, über das sich die Zuschauer fast totlachten. Der Höhepunkt jeder Show aber war immer der Moment, wenn der «Fleischrechner» auf die Bühne gerollt wurde. Dieser Mann war so fett, dass er nicht mehr alleine gehen konnte, sein Gesicht derart aufgeschwemmt, dass keine Augen mehr zu erkennen waren. Aber dafür hatte er eine herausragende Fähigkeit: Er war ein unschlagbarer Kopfrechner. Sobald ihm irgendjemand aus dem Publikum eine Rechenaufgabe zurief, dauerte es nie länger als zehn Minuten, und er spuckte das Ergebnis aus. Der Fleischrechner wurde auf einer Art fahrbarem Diwan durchs Zelt gerollt, sodass man seine gigantischen liegenden Massen aus der Nähe bewundern durfte.

Und nun standen wir vor diesen Showplakaten, die uns vermuten ließen, dass wir gerade in Kezy Mezys Villa standen. Wir waren begeistert und hofften, bei der nachfolgenden Inspektion des Hauses den Star persönlich anzutreffen. Wir fingen an, das gesamte Anwesen auf den Kopf zu stellen. Zu einem ersten Erfolgserlebnis gelangten wir beim Öffnen der Speisekammer, denn diese offenbarte uns ein kleines, gut sortiertes Schlemmerparadies. Überdies konnten wir darauf schließen, dass die Bewohner anwesend sein mussten, denn die Vorräte waren frisch wie Bolle. Wir legten also erst mal ein kleines Picknick ein und aßen die vorgefundenen Käsevorräte auf. Gestärkt machten wir uns erneut auf die Suche. Das ganze Haus machte einen belebten Eindruck, selbst die Betten waren frisch bezogen, aber nicht gemacht. Schließlich gab einer meiner spanischen Brüder aus dem Keller Alarm, und der Rest von uns stürmte herunter. Doch da war nichts zu entdecken bis auf eine schwere, verschlossene Holztür. Da der Gang für einen Rammbock zu kurz war, besorgten wir kurzerhand ein Beil, und Bappa fing an, das Schloss zu zerhacken. Nach ein paar Minuten gab es nach, und wir öffneten die Tür. In dem dahinter liegenden Raum war es stockfinster, es gab auch keine Lichtschalter. Ich rannte los, um Kerzen zu suchen, konnte aber keine finden. Schließlich bastelten wir aus einem Tischbein und einem Laken eine Fackel und zündeten sie an. Bappa schickte Mamutschka mit der Fackel voran. Sie hatte immer noch das dämliche Hexenkostüm an, und mit dieser Fackel sah sie ziemlich grotesk aus. Langsam stapfte sie in den Raum und leuchtete in das Dunkel. Wir hatten uns alle schwer bewaffnet, mit Knüppeln und Holzpflöcken, falls es hier unten Zombies oder Gools oder vielleicht sogar Alraunen geben sollte. Alraunen kriegt man ja nur mit geweihtem Eselsdreck tot, aber mit Knüppeln könnte man sie immerhin vertreiben. Auf einmal flog etwas durch die Luft, und die Fackel ging aus. Wir waren starr vor Schreck, doch dann flammte ein helles Licht auf, und vor uns stand gleißend «Elektrik Kezy Mezy» in vollem Kostüm.

Er schrie mit rollendem rr: «Zurrrück Eindrringlinge, ich bin Elektrik Kezy Mezy und ich bin mit Strrom geladen, wenn ihrr mich berrrührt, werdet ihr bei lebendigem Leibe sterrrben!» Hinter Kezy Mezy standen noch einige andere gespenstische Gestalten, unter ihnen die siamesischen Zwillinge Katja und Nadja, inzwischen aber getrennt, und der Fleischrechner. Er überragte alle um zwei Köpfe, und er schien nur halb so dick wie auf der Bühne. Unser anfängliches Erstaunen wich schnell einer hämischen Belustigung, denn wir begriffen intuitiv, was für einer hinterfotzigen Schwindeltruppe wir da gegenüberstanden. Kezy Mezy wedelte mit den Armen und machte fledermausartige Bewegungen. Onkel Schoffo, der sich bis dahin weitestgehend zurückgehalten hatte, ging nun nach vorne zu dem elektrischen Mann. Auf einer verstaubten Kommode stand eine Schreibtischlampe, die er vorbeugend anmachte. Schoffo machte einen Schritt auf Kezy Mezy zu und zog mit beherztem Griff den Stecker aus der Wand, der Kezy Mezys Kostüm mit der Steckdose verband. Sofort erlosch der glühende Meister. Schoffo, der in seinen seltenen glänzenden Momenten zu verblüffenden poetischen Höchstleistungen fähig sein konnte, tänzelte angriffslustig um den Zirkusmann. Wir ahnten eine dichterische Eruption voraus und sahen das Leuchten in den Augen des Kornverehrers. Breitbeinig gab Schoffo ein improvisiertes Gedicht zum Besten:

Zieht man Euch das Kabel raus
Herrscher über Volt und Watt
hat man Eure Birnen satt
geht Euch gleich die Leuchtkraft aus

Und die Angst vor Eurem Blitz
der sonst in die Knochen fährt
der sonst jedes Haar versehrt
weicht Eurer Angst vor meinem Witz
denn ich bin Onkel Schoffo.

Wir applaudierten laut und forderten ihn auf weiterzumachen. Schoffo überlegte kurz, dann hob er erneut an:

Habt Ihr einen Korn für mich
das wär klasse für mich
ich könnte einen vertragen
gibt es hier was zu saufen?

In der nachfolgenden Stille lag große Enttäuschung, und der nach Beifall heischende Blick Schoffos wurde von uns gänzlich ignoriert. Wieder versuchte der Onkel an die hohe Messlatte heranzureichen, die er zuvor selbst gelegt hatte:

Klasse ist es hier auf dem Land
der Bauer pflügt den Ackersand
Am Wochenende fährt man in die Stadt
hat hier eine Disco auf?

Genervt verließen wir den Keller. Auch die Zirkustruppe hatte jegliche Achtung verloren und ging mit uns nach oben. Schoffo blieb alleine stehen.

Es stellte sich nach kurzer Zeit heraus, dass wir mit Kezy Mezys Leuten genau auf der gleichen Wellenlänge funkten, sie waren zwar nicht halb so interessant wie wir, aber immerhin aus einem ähnlichen Holz geschnitzt. Als besonders anziehend empfand ich den Fleischrechner, der in seiner urgemütlichen Art mit Schippermütze auf dem Kopf und Pfeife im Mundwinkel so 'ne Art Knute mit Herz der Truppe war. Wann immer es ging, holte er sein Schifferklavier hervor und spielte einen Schwank aus dem Plattdeutschen, denn dort kam er weg. Er war ein Meister der Shantys und konnte so manche friesische Bauernregel auswendig. Wenn er anfing zu spielen, bildeten die Leute oft spontan Kreise und fingen juchzend an, Bauerntänze zu tanzen, bis die Holzschuhe flogen. So was wie den Fleischrechner gibt es heute gar nicht mehr. In Mathematik war er übrigens eine totale Null, er besaß bloß einen kleinen Rechner, der in seinem Podest eingelassen war und mit dem er alles ausrechnete. Und er hieß natürlich auch nicht Fleischrechner, sondern Ernst Kahl, und er war ursprünglich Elbschiffer gewesen.

Wir beschlossen, ein paar Tage bei unseren neuen Bekannten zu bleiben, und in dieser Zeit kamen wir ihnen näher. Besonders Kezy Mezy war an uns interessiert, denn er suchte immer nach neuen Talenten. Natürlich entstand so etwas wie eine Konkurrenzsituation zwischen Bappa und Kezy Mezy, denn beide beanspruchten sie die absolute Herrschaft. Da wir aber die überlegenen Eindringlinge waren, blieb der Disput aus.

Schließlich machte uns Kezy Mezy eine erstaunliche Offerte: Er bot unserer gesamten Familie an, in seinen Zirkustrupp einzusteigen.

MAGIE DER MANEGE

In den kommenden Wochen fingen wir an, uns auf unsere neue Karriere vorzubereiten. Wir übten jeden Tag, oftmals über eine Stunde. Es gab die verschiedensten Kunststücke, die man lernen konnte: von ganz normalem Auf-einem-Bein-Hüpfen über Spucke-aus-dem-Mund-hängen-lassen-und-wieder-hoch-Saugen bis zu komplizierteren Dingen wie einen Ball balancieren oder Purzelbaum schlagen. Nach absolvierter Übung wurden wir oft von unseren Lehrern gelobt, und ich fragte mich, ob das nicht eher am Respekt lag, den sie vor unseren Waffen und unserem brutalen Auftreten hatten. Ich fragte mich auch, ob Kezy Mezy uns wirklich einsetzen würde. Während alle anderen Mitglieder meiner Familie eifrig mit ihren Übungen fortfuhren, die sie sowieso schon längst konnten, dachte ich über etwas Spezielleres nach, über eine Möglichkeit, uns in Kezy Mezys Konzept einzugliedern. Ich notierte mir verschiedene Ideen: Meine portugiesischen Brüder könnten zum Beispiel als

Buckligenballett auftreten, einfach mit Kissen hinten im Hemd.

Mamutschka hätte ich gerne in ein Katzenkostüm gesteckt, um sie eine Katzenshow aufführen zu lassen. Sie müssen wissen: Katzen sind für mich ein absolutes Faszinosum, wie sie geheimnisvoll herumschleichen mit ihren Katzenaugen, dann lecken sie sich die Pfötchen, was sehr sexy wirkt – und dann fauchen und kratzen sie wie verrückt. Das ist pure Magie, die Magie von Katzen. Katzen sind viel intelligenter als andere Tiere, als beispielsweise Enten oder Käfer. Sie sind mysteriös und streichen nachts umher wie Hexen. Aber sie haben auch eine ganz andere Seite, nämlich die ganz normale Muschikatzenseite, so wie sie jeder kennt, also mit auf dem Sofa liegen und schnurren und so. Man sieht, da ist verdammt viel drin im Thema Katzen. Mamutschka wäre dafür also die Idealbesetzung.

Für Bappa sah ich eine Rolle als Hochseilakrobat Armin vor, der die unglaublichsten Kunststücke wie dreifachen Salto vorwärts und Ähnliches in dreißig Meter Höhe ohne Netz zustande bringen sollte. Dass Bappa nicht mal auf einem Baumstamm balancieren konnte, interessierte mich natürlich nicht.

Für mich und Onkel Schoffo hatte ich das Sahnestück zurückbehalten: Wir beide sollten die neuen Starclowns bei Elektrik Kezy Mezy werden. Ich wollte schon immer ein Zirkusclown sein, mit einem lachenden und einem weinenden Auge. Für Schoffo sah ich die ordinäre Clownrolle vor, und mir selbst schrieb ich einen perfekten, großen, schlanken, schönen und intelligenten Harlekin auf den Leib. So einer, der alles Mögliche beherrscht und dem dummen August immer in den Hintern tritt. Mit Onkel Schoffo brauchte man ja ohnehin nicht groß üben, man gab ihm einfach eine Flasche Korn und wartete die Wirkung ab: Seine unbeabsichtigte Komik war unübertroffen.

Als ich meine Ideen Kezy Mezy vorschlug, war er sofort angetan. Er wandte nur ein, dass meine Figuren noch nicht grotesk genug wären. Mamutschka, so erklärte er, dürfte nicht einfach als Katze verkleidet auftreten, sondern man müsste sie beispielsweise als Xenia, die Katzenfrau präsentieren, ein tragisches Lebewesen, halb Katze, halb Frau, gedemütigt seit frühester Kindheit, geheimnisvoll und geschickt. Und dann könnte man schon mit den einfachsten Kunststücken beim Publikum einen großen Respekt erzeugen. Das leuchtete mir ein. Ich schlug vor, noch einen Schritt weiter zu gehen und Mamutschka als Xenia, der Katzenhund – vorne Katze, hinten Hund – vorzuführen, aber Kezy Mezy erklärte mir, dass das leicht übertrieben wirken würde. Die Idee mit Bappa auf dem Hochseil wiederum gefiel ihm auf Anhieb, da waren wir uns beide einig. Und das Buckligenballett fand er auch nicht übel.

Noch am selben Abend rief ich meine Familie zusammen und bot ihnen meine Vorschläge dar. Nachdenklich blickten sie mich an, und es bedurfte einiger Überredungskraft, um sie zu überzeugen, aber schließlich willigten sie ein. Nur an Bappa biss ich mir die Zähne aus, er wollte partout nicht auf das Seil, und außerdem sei er der Chef hier – wie er immer wieder betonte. Wir ließen ihn bis auf weiteres aus der Planung raus.

Die schwierigen Wochen der Proben begannen, und das gesamte Kezy-Mezy-Team übte jeden Tag, während wir an der Käsetheke rumhingen und gelangweilt warteten. Ein paar Kostüme wurden uns auf den Leib geschneidert, die probierten wir an, und fertig. Bappa lief ziellos über das Zirkusgelände, er hatte nichts zu tun und fühlte sich überflüssig.

Schließlich rückte die Premiere immer näher, die in Kosice stattfinden sollte, die Wagen wurden gepackt und der Transport vorbereitet.

Ein paar hektische letzte Proben, und an einem strahlenden Junimorgen fuhren wir endlich ab. Die Fahrt war nicht allzu lang, von Nimzy nach Kosice fährt man vielleicht zwei Stunden, es sei denn, man fährt schneller. Dort angekommen, wurden in Rekordzeit das Zelt aufgebaut und die Wagen hergerichtet, die Plakate hingen schon. Am nächsten Tag sollte es losgehen.

Die Nacht über schlief ich unruhig, aber das war nichts Neues für mich, ich hatte schon immer einen sehr nervösen Schlaf, in dem ich hechele und starke Laufbewegungen mache. Oft schlage ich um mich und trete Löcher in die Fußseite des Bettes. Manchmal hüpfe und springe ich auch im Schlaf und wache morgens total gerädert auf. Ich habe auch schon mal mit einem Arzt darüber gesprochen, und der hat mir Schlaftabletten verschrieben. Als ich die genommen habe, bin ich dann sofort eingeschlafen und die ganze Nacht durchgehüpft. Als ich am nächsten Morgen aufwachte, war ich völlig fertig und bin vor Erschöpfung sofort wieder eingeschlafen. Ich hab dann nochmal so ungefähr zwei Stunden um mich geschlagen. Sie sehen: So was ist ein Teufelskreis, aus dem man nicht rauskommt, da beißt sich bei mir die Katze in den Schwanz. Auf jeden Fall war ich in dieser Vorpremierennacht mit Nadja, dem einen siamesischen Zwilling, nach Hause gegangen. Sie war in meinen Augen einmalig schön und hatte einen normalen, soliden Charakter. Zusammen waren wir eine Sexmaschine auf höchstem Niveau. Wir waren quasi wie eine alte Dampflokomotive, die urig, kraftvoll und zuverlässig die Route zwischen beginnender Erregung und schwindelndem Höhepunkt befuhr. Ab und zu wurde Dampf abgelassen. Ich erspare Ihnen die Details zugunsten Ihrer Phantasie. Später, als wir eingeschlafen waren, schlug ich Nadja dann noch ein blaues Auge, und sie haute genervt ab. Ich wache immer alleine auf.

Der nächste Morgen war ein neuer Tag. Premierentag. Schon zur Mittagsvorstellung strömten Hunderte von Menschen zusammen, Elektrik Kezy Mezys Kurva hatte eine große Anziehungskraft. Die Leute standen in einer langen Schlange vor der Kasse. Mir fiel auf, wie grotesk diese Bezeichnung war, denn von der Seite sahen sie nicht aus wie eine Schlange, sondern wie eine Reihe von Leuten. Das mit der Schlange ist wohl eher symbolisch gemeint. Das Zirkuszelt füllte sich und der große Moment nahte. Um Punkt ein Uhr ging im Zelt das Licht aus und Kezy Mezys Strom wurde angeschaltet, als er an einem Seil von der Kuppel heruntergelassen wurde. Das sah schon interessant aus, das muss ich zugeben. Und dann kam Showpunkt für Showpunkt, den meisten Kram guckte ich mir nicht an, weil ich's langweilig fand. Schließlich kam die Reihe an meine Brüder, ich ging so lange raus, um ein wenig frische Luft zu schnappen.

Ich wusste, wenn sie durch waren, hatte ich noch fünf Minuten. Endlich kam Schoffos und meine Sternstunde, ich holte ihn von der Latrine ab, wo ich ihn eine Stunde zuvor mit einer Flasche Korn abgesetzt hatte. Er war bereits umgezogen worden und trug die obligatorischen überdimensionalen Clownschuhe, einen Kartoffelsack als Kleid und statt Haaren lange Wollfäden. Sein Gesicht hatte man nach meinen Anweisungen mit einer Paste aus Honig und Wurstsalat eingerieben, auf die Haare und Federn geklebt waren, das sah sehr lustig aus. Die Flasche Korn hatte er fast ganz intus: beste Startbedingungen.

Wir warteten hinter dem Vorhang aus rotem Samt, während Kezy Mezy uns ansagte. Auf ein Stichwort trat ich Onkel Schoffo in den Hintern, er stolperte durch den Vorhang in die Manege und ging sofort zu Boden. Ein Riesenlacher. Dann trat ich durch den Vorhang. Ich atmete tief ein, aaahhhh Manegenluft, Showluft, strahlende Lichter, glänzende Augen. Das ist meine Welt, dachte ich und ging in die

Mitte der Manege, drehte mich nach allen Seiten und machte Diener: ein Super-Applaus. Für unseren Auftritt hatte ich mir ein paar lustige Sachen ausgedacht. Mein Hauptarbeitsfeld sollte Onkel Schoffo sein, den ich für meine Vorführung sorgfältig präpariert hatte.

Ich zog eine Dose aus meiner Rocktasche und hielt diese vor Schoffos Gesicht. Dann öffnete ich sie und Hunderte von Fliegen stoben daraus hervor. Durch den fleischigsüßen Geruch von Schoffos Paste angezogen, umkreisten sie seinen Kopf in einem dichten Rudel und landeten immer wieder auf seinem Gesicht. Das sah umwerfend komisch aus, vor allen Dingen, weil ich Schoffo nicht eingeweiht hatte und er nun gar nicht wusste, wie ihm geschah. Verzweifelt versuchte er, die Fliegen loszuwerden, die sich freilich nicht vertreiben ließen. Dann ließ ich zwei auf einer Stange sitzende Nymphensittiche in die Manege bringen und band diese mit ein paar beschwichtigenden Worten und langen Bändern an Schoffos Ohren fest. Ich schüttelte die Stange, die Sittiche flogen auf und zogen an den Bändern, sodass sich Schoffos Ohren in alle Himmelsrichtungen bewegten. Der gute Onkel bekam einen Wutanfall, und während die Vögel seine Ohren auseinander zogen, versuchte er, ihrer habhaft zu werden. Das Publikum trampelte vor Vergnügen, und auch ich fühlte mich gut unterhalten. Nach einer Weile schnitt ich die Vögel los und gab Schoffo zur Belohnung ein Glas Korn. Noch während er das Glas leerte, warf ich ihm von hinten einen Raben in seinen Kartoffelsack. Der Rabe sackte bis zu den Beinen durch, die abgebunden waren, und fing dort panisch an, zu flattern und zu hacken. Das sah vielleicht lustig aus! Der schreiende Schoffo sprang durch die Manege, während sein Sackkleid ein starkes Eigenleben entwickelt hatte und kreischende Geräusche von sich gab. Schließlich riss sich Schoffo den Sack vom Körper, und der befreite Rabe flog in das Zirkuszelt. Als Schoffo bemerkte, dass er bis auf seinen Kopfzierrat nackt war, torkelte er aus der Manege und schleuderte mir mit geballter Faust Flüche entgegen. Ich ging ihm nach, und ein Spitzenapplaus begleitete unseren Abgang.

Hinter dem Vorhang fiel Schoffo mit einem Küchenmesser über mich her, sodass ich umgehend flüchten musste. Es war mir aber relativ egal, denn ich wusste, dass er sich schon am nächsten Tag an nichts mehr erinnern würde. Ich schloss mich in meinem Wagen ein und sinnierte ein wenig nach.

Zirkuszauber – Magie der Manege – das war meine Welt, das begriff ich in diesem Moment. Ein Leben mit Tieren und Akrobaten, durch die Welt reisen und endlich Clown sein dürfen. Will nicht jeder von uns einmal der Clown sein, sich eine Nase umbinden und einfach wieder Kind werden? Manchmal wünscht sich der Mensch in seine Babytage zurück, einfach in der Wiege liegen und vor sich hin sabbern, frei sein, an keine gesellschaftlichen Konventionen gebunden, eben frei wie ein Clown. Cleune können sich alles erlauben, egal, was sie auch tun: Niemand nimmt ihnen was übel oder verklagt sie. Sie haben Narrenfreiheit. Nur ein Beispiel: Ein Clown geht über einen öffentlichen Platz und stolpert über eine Bananenschale. Er fliegt hin und hat Prellungen und mehrere blaue Flecken. Zufällig sind ziemlich viele Leute anwesend. Da gibt es aber auch keinen, der sich darüber aufregt und den Clown verklagt oder so, eher im Gegenteil: Die Leute lachen und klatschen amüsiert. Und das ist nur ein Beispiel von vielen. Ich erkannte die praktischen Vorzüge des Clownseins und beschloss, diese Tätigkeit bis auf weiteres auszuüben.

Natürlich ergab sich relativ schnell ein Problem mit Onkel Schoffo, denn obwohl er sich nie an den jeweiligen Vortag erinnern konnte, hatte er doch eine intuitive Abneigung gegen seinen Part gefasst. Ich musste mir also etwas anderes ausdenken. Am dritten Tag sattelte ich um und ging als Charlie-Chaplin-Imitator in den Ring. Zwar war meine Show nun nicht mehr so effektvoll, aber die tapsige und unsichere Chaplin-Gestalt löst bei Frauen immer sofort ein poetisch-sensitives «Ach-wie-süß»-Gefühl aus, mit dem man sehr gut arbeiten kann und das einen den öden Witz dieser Figur vergessen lässt. Ich persönlich hasse ja Charlie Chaplin. Dieses dumme Gewackle in den zu großen Schuhen, und dann diese riesigen, erstaunten Augen – das ist ja so schleimig.

Na ja, wie auch immer. Ich lernte begierig, was ich nur mitkriegen konnte in dieser interessanten Zeit. Zum Beispiel Pony-Kunststücke. Das war etwas nach meinem Geschmack. Ponys sind irgendwie wie kleine, dicke Menschen in Pferdeform. Sie hoppeln herum, man kann alles mit ihnen machen und ist ganz klar immer der Chef. Gerade für einen Machtmenschen wie mich ist es ab und zu elementar, meine Machtkraft ein bisschen ausleben zu können. Und wenn man nun gerade keine schwachen, willenlosen Freunde zur Hand hat, dann sind Ponys genau das Richtige. Die kann man auch mal bestrafen, wenn sie gar nichts gemacht haben, die können sich ohnehin nicht beschweren.

Ähnlich verhält es sich mit kleineren Säugetieren, ein gutes Beispiel sind Hasen. Hasen gehören zu den dankbarsten Zauber- und Komikpartnern in der Tierwelt. Sie leben ja sonst ein vergleichsweise langweiliges Leben, das eigentlich nur mit zwei Tätigkeiten ausgefüllt ist: schnüffeln und hoppeln. Das müssen Sie sich als agiler Leser einmal vorstellen, oder besser, versuchen Sie, das doch selber mal für einen Tag zu erleben: schnüffeln und hoppeln, das bringt doch auf Dauer keinen Spaß, das macht man doch nicht lange mit. Tja, der Hase schon, er kann nämlich nicht anders, er ist eben dafür vorgesehen. Die Einzigen, die ihn aus dieser lethargischen Gefangenschaft zumindest kurzzeitig erlösen können, sind der Zirkusartist und der Forscher.

Der Hase eignet sich sehr gut für folgende Kunststücke: im Zylinder verstecken, in der Kleidung verstecken, im Tisch mit doppeltem Boden verstecken, rumhoppeln, einer Möhre nachhoppeln, durch Feuerreifen springen und gegen einen Tiger kämpfen. Die ersten fünf Kunststücke stellen für ihn so gut wie gar kein Problem dar, schwieriger wird es schon bei Nummer sechs. Der Hase an sich scheut sich nämlich instinktiv vor Feuer, er würde zum Beispiel nie in ein tosendes Flammenmeer hoppeln. Diese Angst muss man ihm nehmen, ich hatte dafür folgende Technik entwickelt: Ich nahm einen relativ kleinen brennenden Reifen und stellte ihn auf, dann legte ich genau vor den Reifen eine einen Meter lange Röhre aus Glas, mit dem gleichen Durchmesser wie der Reifen. Dann stopfte ich von hinten den Hasen in die Röhre, meist wollte er nicht recht voran, das war dann aber auch egal, ich nahm einen Besenstiel und schob den Hasen durch die Röhre, bis er auf der anderen Seite herausfiel. Wenn ich das mit Schwung tat, hatte der Hase meist nur ein paar Haare versengt. Dem Publikum gefiel dieser Trick sehr gut.

Bei Trick sieben ist wiederum eher mit einem entspannten Hasen zu rechnen, er sieht sich in seinem Selbstbild nämlich als gefährliche Kreatur und als König der Tiere, und er glaubt, vor niemandem Angst haben zu müssen. Dieser Fehleinschätzung erliegt Hasengeneration für Hasengeneration. Wenn man also einen einzelnen Hasen zu einem Tiger in den Käfig sperrt, dann wird sich Ersterer gelangweilt abwenden, oft passiert es sogar, dass er sich demonstrativ zur Seite legt und so tut, als würde er gähnend einschlafen. Das weckt natürlich den Zorn des Tigers, und er wird den Hasen zum Kampf auffordern. In der Regel geschieht dies durch heftiges Fauchen, Sträuben der Nackenhaare, Buckelmachen, einen steil aufgerichteten Schwanz und penetrantes Auf-dem-Boden-Scharren. Wenn der Hase in seiner Selbstüberschätzung jetzt nicht reagiert, vergibt er bereits erste Vorteile an den Tiger. Eher passiert es aber, dass der Hase sich aufrichtet und angeödet zurückfaucht, um sich danach wieder hinzulegen. Das ist psychologisch gar nicht mal so schlecht gedacht, denn der Tiger ist natürlich am Anfang verdutzt, sein Angriff scheint kurzfristig abgeblockt. Vermutlich denkt er einen Moment darüber nach, ob das da vor ihm ein anderes mächtiges Raubtier ist, womöglich noch gefährlicher als er selber. Diese Gnadenfrist währt aber nicht lang, nach einem vergleichenden Blick zwischen sich selber und der Statur des Hasen wird der Tiger erneut auf Angriff umstellen. Das gleiche Prozedere wie vorher beginnt. In der Regel erhebt sich der Hase nun sichtlich genervt von seinem Ruheplatz, hoppelt zu dem Tiger und gibt ihm mit der Pfote das, was man unter Tieren eine Ohrfeige nennen könnte. Der Tiger gerät außer sich. Es bleiben ihm nur zwei Möglichkeiten:

1.) Er ist mental überfordert und ergreift die Flucht – bei dieser Sorte Tiger spricht man vom Hasenparanoiker: Der Tiger ist für immer seiner Tigerhaftigkeit beraubt, er hat sein Selbstvertrauen verloren.

2.) Er geht zum finalen Angriff über und verschlingt den Hasen mit einem Haps. Dieses ist die weit häufigere Reaktion, und als beliebtes Showkunststück trägt sie den Titel: «Die Parabel der Überheblichkeit». Ich habe diese Methode unzählige Male dem Publikum vorgeführt, und jedes Mal war es mir wieder ein persönliches Vergnügen, wenn der eitle, kleine Fatzke seiner gerechten Strafe zugeführt wurde.

Mal im Ernst: Wer überhaupt über achtzehn kann denn noch Hasen leiden, das ist doch nichts für Erwachsene, in meinen Augen ist das Kinderkram. Tiger sind was für Erwachsene und auch Adler oder auch mal ein gefährlicher, weil waidwunder Ochse, Krokodile nicht zu vergessen. Da guckt man als Erwachsener gerne hin, das ist ein Erwachsenenspaß. Oder Haie. Da dürften sich bei jedem Erwachsenen die Ohren spitzen, allein bei dem Klang des Wortes reibt man sich als Erwachsener schon die Hände: Jetzt kommt was, jetzt wird's spannend. Wenn der Ochse im Vergleich des Genusses eine dunkle Herrenschokolade darstellt, dann ist der Hai mit Sicherheit ein starker Kognak. Aber man kann auch da übertreiben, ich erinnere mich noch sehr gut, wie ich im besten Mannesalter schreiend aus Steven Spielbergs «Haie» rausgerannt bin, zusammen mit allen meinen Freunden. Das war dann doch ein bisschen viel, das hat dann auch nichts mehr mit Erwachsenenspaß zu tun.

Na ja, wie auch immer, zurück in den Zirkus. Zirkusluft, das ist Luft, aus Träumen gesiebt, da schwebt der Duft von fernen Ländern wie ein Silberfaden eingewebt in diesen Makrameeteppich der Illusionen. Begnadete Körper schmiegen sich behände durch kunstvolle Übungen und schmeicheln dem Auge. Magie legt sich wie ein zärtlicher Schleier über den Zuschauer und verzaubert seine gestresste Seele, der Mensch atmet auf. Zirkus ist gelebte Liebe, Akrobatik heißt, das Risiko an jemand anderen abgeben zu dürfen, und der Harlekin pflanzt die kitzlige Blume des Humors in jeden noch so steinernen Acker.

Über die Wochen arbeitete ich mich durch so manches Kunststück und wurde immer besser. Wenn ich vom Applaus verfolgt durch den Vorhang kam, sah ich ab und an Bappa in irgendeiner dunklen Ecke stehen. Er beobachtete mich neidisch. Oft gab er sich noch nicht mal offen zu erkennen, sondern hatte sich radikal getarnt. Er linste durch kleinste Astlöcher oder auch mal zwischen den Bodendielen durch, oder er hatte sich als Zigeunerin verkleidet unter einen Stoffhaufen gelegt. Seine Haupttaktik blieb aber das Spähen durch kleinste Ritzen. Das war ziemlich nervig für mich, denn ich vermutete ihn nun hinter jedem noch so kleinen Loch. Einmal ertappte ich ihn in flagranti und stellte ihn zur Rede. Aber er tat so, als wenn nichts wäre, und stritt alles ab. Zeitweise führte ich eine Haarspraydose mit, und wo immer ich ein Loch sah, sprühte ich sofort rein. Ein-, zweimal hab ich ihn wohl auch tatsächlich erwischt, zu bemerken am heftigen Jaulen hinter der jeweiligen Wand. Manchmal, wenn ich nachts im Bett lag und an die Holzdecke meines Wagens guckte, sah ich eines seiner bösen Augen durch eine winzige Ritze blinken, er lag dort oben auf meinem Wagen, wohl jede Nacht, und glotzte mich an. Irgendwann begriff ich eher intuitiv, dass er eifersüchtig war, der Zirkus hatte ihm den Sohn geraubt, und er selber war ohne Job und Anerkennung alleine zurückgeblieben. Schließlich hatten ja auch alle anderen Familienangehörigen mehr oder weniger sinnvolle Tätigkeiten übernommen.

Ich beschloss, einen Schritt auf ihn zu zu machen, ihn anzuregen, doch auch teilzunehmen, wir würden schon etwas für ihn finden. Und ich hatte auch schon eine Idee.

Am folgenden Morgen, gleich nach dem ersten Hahnenschrei, stand ich auf und zog mich an. Ich ging aus dem Wagen und umrundete ihn. An der Hinterseite stand wie erwartet eine Leiter angelehnt. Ich erklomm sie und schaute aufs Dach: Dort lag Bappa, er war beim Glotzen durch das Loch eingeschlafen, lag aber noch in Beobachtungsstellung da. Das machte mich so sauer, dass ich mein Friedensangebot vorerst vergaß. Ich eilte nach unten zurück in den Wagen und drückte von dort aus eine ganze Tube Superkleber durch die Ritze. Der Klebstoff breitete sich zu einem kleinen Flecken aus und umschloss die erhabenen Stellen von Bappas Gesicht, also Nase und Schnurrbart. Mit einer Stecknadel bohrte ich die Ritze wieder frei, damit wir uns sehen konnten, wenn er erwachte. Dann warf ich mich aufs Bett, legte die Arme hinter den Kopf und wartete ab. Es dauerte eine lange Zeit, bis der alte Sack durch das Blöken der Zirkuskamele geweckt wurde.

Ich sah das verschlafene Blinzeln seines Auges durch die Ritze und dann den ersten Versuch, das Gesicht zu heben: Schmerz – Verwunderung in der Pupille, erneuter Versuch – wieder Schmerz, stärkeres Ziehen – Aufschreien, Zurücklegen – Nachdenken; der Blick fiel durch die Ritze auf mich – Nachdenken – und dann die Erkenntnis. Wie wunderbar lange das dauerte. Wut in seinem Blick, aber kein Wort von ihm, ich fing an zu grinsen, nun fing er an, so zu tun, als wenn er rein zufällig dort oben liegen würde, er ließ seinen Blick, so weit es ging, durch die Gegend wandern und fing an, ein kleines Liedchen zu summen. Das nervte mich. Ich holte eine Trittleiter und stellte sie direkt unter das Loch. Dann ging ich in die Latrine und füllte dort einen Eimer mit Scheiße. Mit diesem ging ich zurück und platzierte ihn oben auf der Leiter. Er war ca. dreißig Zentimeter von der Ritze entfernt. Das Einzige, was Bappa sehen und riechen konnte, wenn er dem Zug seiner Nase nachgab, war Scheiße. Zufrieden verließ ich den Wagen, um meiner Arbeit nachzugehen.

Den ganzen Tag kümmerte ich mich nicht um ihn. Als ich am Abend zurückkam, lag er immer noch dort. Er sah ein wenig bleich aus, gab sich aber nicht geschlagen, sondern täuschte durch emsige Handbewegungen vor, dass er etwas an meinem Dach reparieren würde. Im Wagen neben mir wohnte der Fleischrechner, er stand überlegend an seiner Wagenwand, und als er mich sah, sagte er zu mir: «Er liegt dort schon den ganzen Nachmittag und macht an dem Dach rum, ab und zu stöhnt er laut und holt tief Luft, ich versteh das nicht.» Ich lachte laut und ging in meinen Wagen. Ich öffnete alle Fenster, um zu lüften, und stellte den Eimer nach draußen. Dann legte ich mich bequem aufs

Bett, stellte mir Essen bereit und machte es mir so gemütlich wie möglich.

Ich erwartete Damenbesuch. Als der Abend zu fortgeschrittener Stunde ins Physische übergleiten wollte, stellte ich eine starke Taschenlampe auf die Trittleiter, die genau in die Ritze strahlte. Ich sah eine geblendete Pupille, die mich und meine Sexgattin nicht ausmachen konnte. Heiße Liebe spülte uns hinweg, und auf einer Welle des Wahnsinns trieben wir an die fernen Ufer von Orgasmanien. Der zitternde, geblendete Greis über uns hatte für kurze Zeit seine üble Macht verwirkt, und wir tanzten mit den üppigen Feen und brünftigen Trollen den Reigen von Physia auf dem heiligen Hügel von Sexus. Wir vergaßen alles.

Als ich am nächsten Morgen erwachte, nahm ich ein leises Wimmern wahr. Ich ging nach draußen, um nach ihm zu gucken: Er sah wirklich elend aus, total übernächtigt, bleich und verwirrt. Sein eines Auge war rot unterlaufen. Ich bekam Mitleid und beschloss, ihn zu befreien. Mit einer Stichsäge sägte ich vorsichtig von innen einen großen Kreis in das Dach, groß genug, um ihn nirgendwo im Gesicht zu verletzen. Nach kurzer Zeit löste sich das Holz, und Bappa erhob sich. Das tellergroße Holzstück klebte jetzt wie ein Gesichtsschutz an seiner Nase, aber immerhin konnte er sich frei bewegen. Halb erleichtert, aber auch verschämt stieg er vom Dach. Um den Wagen herum hatten sich mittlerweile einige der Zirkusleute versammelt und beobachteten ihn nachdenklich. Als er das bemerkte, reagierte er sofort, legte die Hände an das Holz, als hielte er es sich bloß vors Gesicht, fing an zu schnuppern und rief zu mir in den Wagen: «Hör mal, Junge, genau wie ich gesagt habe, da ist der Holzwurm drin, so was riech ich sofort, ich lass dir nachher mal das Dach mit Wurmöl ein!» – Sprach's und ging, während er weiterhin an dem Holz roch. Ein geschickter Teufel. Fortan unterließ er auch das ständige Glotzen, denn er hatte wohl Angst vor meiner konsequenten Ahndung bekommen.

Nach ein paar Stunden, in denen Bappa und Schoffo saufenderweise hinter dem Kamelkäfig versackt waren, ging ich zu ihm und forderte ihn zu einem Gespräch auf. Wir gingen in meinen Wagen und ließen uns nieder. Ich musterte ihn eindringlich, dann sagte ich ihm, wie dumm ich unseren Streit finden würde. Er sei doch unser Familienoberhaupt, er müsse sich seine alte Autorität zurückerkämpfen. Er müsse etwas Sinnvolles machen, etwas, wofür ihn die Leute bewundern könnten, und ich wüsste auch schon, was. Er fragte mich, was genau, denn er würde auf keinen Fall als Clownsgehilfe auftreten. Es wäre etwas viel Spannenderes, etwas, das seinem Wesen auch viel näher käme, antwortete ich, und zwar: Messerwerfer. Er überlegte kurz, um das Bild vor seinem inneren Auge aufzubauen, doch dann war er begeistert. Ja, so sah er sich, elegant und gefährlich, akrobatisch und brutal, schön und schnell. Jubelnd sprang er auf und kniff sich vor Freude so lange in die Beine, bis er aua rief. Immer wieder betonte er, wie richtig ich ihn erkannt hätte, und dann stürmte er aus dem Wagen, um mit seinem Training zu beginnen.

In den folgenden Tagen konnte man ihn pausenlos beim Üben beobachten. Er hatte sich an der Rückwand der Latrine, gleich neben Onkel Schoffos Lager, eine Menschengestalt an die Wand gemalt und bewarf diese nun den ganzen Tag mit Messern. Irgendjemand muss ihm dann mal gesteckt haben, dass er nicht in die Gestalt, sondern um sie herum treffen müsse, denn plötzlich fing er an, auf ihre Konturen zu zielen. Schon nach drei Tagen kam er bei mir an und sagte, dass er jetzt für den Auftritt bereit sei. Ich solle ihm eine Assistentin besorgen, auf die er zielen könne. Ich bekam einen Schrecken beim Gedanken an das arme Geschöpf, das mit ihm würde zusammenarbeiten müssen, da ich aber keine Entscheidungsgewalt hatte und Kezy Mezy das Ruder im Zirkus schon längst wieder in der Hand hielt, schickte ich Bappa zu ihm. Der war begeistert von der Idee eines dilettantischen Messerwerfers, auch wenn er das Bappa gegenüber nicht zeigte, nur war selbst Kezy Mezy der Preis eines Menschenlebens zu hoch. Stattdessen sollte ein Bock beworfen werden, auch wenn Bappa tobte.

Als der Bock aber erst auf einer Empore vor der Holzwand festgebunden war, fing Bappa sofort begierig an zu werfen. Das Risiko des Lebens, das er da in der Hand hatte, reizte ihn. Wie durch ein Wunder überlebte der Bock den ersten Tag, und schon am nächsten wollte Bappa an der Show teilnehmen.

Gesagt, getan, am nächsten Tag gleich nach meinem Charlie-Chaplin-Auftritt war Bappa an der Reihe. Stolz schritt er in die Manege und legte sofort mit ein paar Luftballonübungen los, traf aber nicht allzu viele. Dann wurde der Bock auf die Empore geführt und dort festgezurrt. Auf die Holzwand waren lauter fliegende Zicklein mit Flügeln gemalt, einige grasten auf einer Wolke. Das sollte wohl der Ziegenhimmel sein, in den der Bock früher oder später geschickt werden würde. Bappa stellte sich in Position und holte mit dem Messer aus. Er warf und traf den Bock so, dass er auf der Stelle tot zusammenbrach. Das Publikum war begeistert und klatschte ausgelassen, so viel echte Brutalität hatte es gar nicht erwartet. Bappa hingegen war schwer enttäuscht, als er jedoch bemerkte, dass die Zuschauer seinen Fehler für Absicht hielten, verbeugte er sich nach allen Seiten und strahlte vor Freude. Er blieb bis zum letzten Klatscher im Zelt stehen, um auch ja nichts von seinem Erfolg zu verpassen. Dann entstand eine peinliche Pause, weil sein Showblock vorbei war und er nichts zu sagen hatte. Nach ein paar Sekunden verließ er doch noch die Manege. Mit applausheischenden Blicken baute er sich vor Kezy Mezy auf. Der war zwar auch angetan von Bappas Show, fand die Angelegenheit allerdings ökonomisch brenzlig, schließlich hätte man jeden Tag einen neuen Bock besorgen müssen. Ob es denn auch mit einem Hasen oder beispielsweise mit Mäusen gehen würde, fragte der Direktor meinen Vater. Dieser, von seinem frischen Erfolg noch ganz erregt, fühlte sich zutiefst beleidigt und rannte weinend aus dem Zelt, um seinen Saufkumpan Schoffo zu finden.

Eigentlich war's das im Großen und Ganzen mit Bappas Showteil, er war so beleidigt, dass er nicht mehr zu einem weiteren Experiment überredet werden konnte. Irgendwie ging bei uns allen die Stimmung runter, irgendwie war unsere ganze Familie langsam angeödet von diesem blöden Akrobatengehabe, ganz plötzlich fanden wir die Zirkuswelt total infantil und bescheuert, ich weiß auch nicht, warum, aber es war auf einmal so. Wir fingen an, die Angestellten zu terrorisieren, spannten Stolperdrähte zwischen den Käfigen und nachts ließen wir die Tiere frei. Ich schnitt das Balanceseil an und verstopfte die Blasinstrumente des Orchesters. Dem bescheuerten Kezy Mezy legte ich während der Show einen schönen Kurzschluss auf den Anzug, sodass er höllisch einen gescheuert bekam, bevor ich den Stecker aus der Dose zog. Der führte vielleicht einen Veitstanz in der Manege auf …

Eines Nachts steckte Schoffo im Suff das Zirkuszelt in Brand, das war der Moment unseres Aufbruchs. Während der ganze Ort im herrlichen Feuer erstrahlte, fuhren wir auf einem alten Karren ins Ungewisse.

Dass wir (wie anfangs beschrieben) schon bald wieder in einem Zirkus landen würden – Bappa diesmal als Schlangenmensch –, das konnten wir nicht ahnen.

NEW YORK

Wir waren abgefahren drauf, jenen Sommer. Wir trugen alle nur noch Schwarz, und Bappa schnipste immer so komisch mit dem Finger.

Er trug hautenge Röhrenjeans, die von seinen mächtigen Beinen bis zum Bersten gespannt wurden. Er sah echt geil aus. Mamma hatte sich einen schwarzen Lappen umgeworfen und sah wie eine Squaw aus, sie hatte das Ding irgendwie falsch gerafft. Bappa hatte uns einen Trecker gekauft, sein Glaube an das moderne Leben bestimmte sein Handeln, und mit diesem neumodischen Vehikel knatterten wir die Dorfstraße rauf und runter. Zu der Zeit waren wir viel auf Pott, entweder hingen wir am Marktplatz cool vor dem Trecker rum und kifften, oder wir überlegten uns Kunstprojekte, die echt schockieren sollten. Onkel Schoffo wollte immer gerne Harlekinmalerei betreiben, aber das fanden wir anderen natürlich unangesagt. Es sollte was richtig Flashiges sein, was Sozialkritisches mit fettem Anspruch und so. Einmal kam Bappa nachmittags auf den Markt und sagte, er hätte 'ne abgefahrene Idee. Er nahm ein Stück Kreide und malte ein ca. zwei mal zwei Meter großes Quadrat an die Holzwand eines alten Schuppens, der dort stand. Aus seinem Rucksack holte er einen Hammer und diverse tote Tauben. Diese schlug er mit Nägeln in das Viereck. Eine große alte Trauerweide stand neben dem Schuppen. Bappa spannte Fäden von den Ästen des Baumes zu den Flügeln der toten Pieper. Dann schrieb er mit roter Farbe «Why not?» über das Viereck. Immer wenn der Wind durch den Baum wehte, begannen die Flügel an den Bändern zu schlagen. Wir waren begeistert, auf einmal wurde uns klar, wie viel wir noch zu lernen hatten, um das Ding so auf den Punkt zu bringen. Inzwischen waren wir künstlerisch aufgegeilt und fingen an, Passanten zu bepöbeln. Ein Typ – so

Marke Spießer – kam vorbei, den schlugen wir total zusammen, der wusste gar nicht, was los war. Wir schmierten ihn voll mit Parolen wie «Schnauze Alter!» und «Ost-West-Konflikt» und lauter so cooles Zeugs. Der sah vielleicht runtergefuckt aus, als er endlich wegkam …

Na ja, letztendlich konnte man mit solchen Aktionen aber nicht richtig was loseisen in Saleika, wie Sie sich vielleicht vorstellen können. Wenn es irgendwo einen Mittelpunkt der Welt gab, dann war das hier das Gegenteil. Also fasste Bappa den Entschluss, mit uns zu verreisen. Er sagte, er wolle mit uns nach New York fahren, und nachdem er uns erklärt hatte, was und wo das sein sollte, fanden wir das echt super. Schon am nächsten Tag wurden die Sachen gepackt, und Mamutschka richtete den Trecker her. Sie wichste ihn mit einer Art Schmiere ein, damit er glänzte und Diebe abschrecken sollte. Bappa fuhr den Trecker, und neben ihm saß Onkel Schoffo, er hatte einen coolen Jeansanzug an und winkte mit einer Flasche Korn. Hinten auf dem Hänger saß der Rest von uns. Wie gesagt, wir waren alle schwarz angezogen, hatten schulterlange glatte Beathaare und coole Brillen. Als wir Saleika verließen, filmten wir zum Abschied die Kulisse unserer Heimat, um sie als Verschnittmaterial für unsere anstehende Kunstfilmerkarriere zu verwenden.

In einem abgetakelten Industriehafen an der französischen Küste schlugen wir unser Lager auf, um eine günstige Gelegenheit für die Überfahrt abzuwarten. Wir lebten von den großen Schinkenvorräten, die wir immer dabei hatten. Während ich und meine Brüder coole Kunstfilme mit Industriekulisse drehten, verhandelte Bappa mit verschiedenen Tankerkapitänen, aber sie wollten alle zu viel Kohle.

In der Bordwand von Öltankern gibt es einen Zwischenraum, den so genannten Sicherheitsstau, der im Falle eines Lecks einen Großteil des Öls auffangen soll. Es ist so, als wäre um das gesamte Schiff noch ein zweites Schiff drum herum. Dieser Stau ist ca. vierzig Zentimeter breit. Es gibt vier Schleusen zum Ablassen von Flüssigkeit, groß genug, um hindurchklettern zu können. Eines Nachts krochen wir durch eine dieser Schleusen in so einen Stau, mit Sack und Pack. Bappa blieb draußen, er hatte vor, den Trecker mit dem Schiff zu verschicken und dann mit dem Flugzeug nachzukommen.

Es war dunkel, eng und kalt in unserem Versteck, im Licht der Taschenlampe konnte man zwar hundertfünfzig Meter in die Länge gucken, aber nur vierzig Zentimeter in die Breite.

Außerdem rutschten wir durch die geschwungene Unterseite des Tankers immer in äußerst unangenehme Liegestellungen, stehen konnte man ja sowieso nicht. Über uns waren 120000 Tonnen Öl. Wir waren die ganze Zeit über viel auf LSD und Speed und so Zeug – allein um bei Laune zu bleiben – und ernährten uns von Schinken. Ich schätze, wir waren gute zwei Monate da unten in der Schwärze. Wir wuschen uns nie, und unsere Exkremente rutschten immer an die gleiche Stelle, genau wie wir, ich sage Ihnen – wir waren drauf ...

Bei schwerem Seegang sahen wir uns manchmal tagelang nicht, da wir im Dunkeln in die unterschiedlichsten Richtungen rollten.

Ich hatte mich an einem Stück Schinken festgefressen, war mit dem Kopf schon halb drin, ich schätze im Nachhinein, dass ich mehrere Tage madenhaft am Bohren war, ohne ein Gefühl für Zeit und Raum, als auf einmal das schwere Brummen der Maschinen verstummte. Eine menschliche Regung erwachte in mir: Hoffnung. Durch Brüllsignale fanden wir uns alle nach Stunden zusammen und tasteten uns zu einer der Schleusen vor. Nach ca. zwei weiteren verdämmerten Tagen wurden wir eines Geräusches gewahr. Jemand schraubte die Schleuse auf, grelles Licht brach in unsere stinkige Nacht. Umrahmt von hellem Gleißen, erschien ein Engelsgesicht: Bappa. Er hatte uns nicht im Stich gelassen. Wir krächzten unsere jubelnde Freude heraus, während wir unsere aufgedunsenen, kraftlosen Leiber durch die Öffnung zwängten: Geburt.

Es war Nacht, und im fahlen Mondschein, der für uns sonnenhell auf die Dockanlagen strahlte, stand glänzend unser stolzes Prestigeobjekt: der Trecker mitsamt Hänger, in hoch poliertem Zustand. Nachdem wir uns alle lange und leidenschaftlich geküsst hatten, wuschen wir uns mit dem New Yorker Hafenwasser: Taufe.

Bappa hatte ein paar schicke schwarze Beatnikdressups besorgt, und wir richteten uns her. Dann bestiegen wir unseren Hänger, Bappa und Onkel Schoffo nahmen auf dem Trecker Platz. Schoffo wurde am Sitz festgebunden, er war zu schwach, um sich selber zu halten. Bappa hatte ihm eine Flasche besten New Yorker Kornes mitgebracht, und glücklich nuckelte er daran: Säugung.

Dann zog Bappa den Anlasser, polternd erwachte die alte Maschine zum Leben, und wir fuhren ab, mitten hinein in den Big Apple. Was für ein Gefühl! New York: Boiling Point, Action Point, Cash and Chaos, Punks und Yuppies, Big Feeding, Pumping City, solche Gefühle hatte ich in dem Moment. Wir fuhren über die Golden Gate Bridge, am Sears Tower vorbei und dann rein nach Manhattan, den Broadway runter Richtung Spencer Building. Um uns herum hupende Autos, schreiende Menschen, die auf uns zeigten: New York People – boiling people. «Hello» hätte ich am liebsten gesagt, aber ich wusste nicht, ob man mich akzeptieren würde. Ich saugte mir erst mal 'nen fetten Joint rein und relaxte. Ich dachte immer nur: «Alten ey Alten iss das geil, wie geil kommt das denn hier? …»

Bappa kutschierte uns zum Washington Square Garden, dort angekommen, stoppte er den Trecker. Hinter ein paar

Blumenrabatten hatte er ein geräumiges Loch gegraben und präsentierte uns stolz unsere neue Behausung.

New York ist der Kuchen auf dem Tisch, den man Menschheit nennt, aber der Tisch ist kaputt und der Kuchen ist ranzig. Man muss aufpassen, wenn man von dem Kuchen isst, denn entweder kriegt man nichts ab oder aber der Bissen ist schlecht, es ist eine Gratwanderung, und wer die am besten beherrscht, ist der König der Seiltänzer. Groß werden in New York, das ist ein Klischee, woran jeder hoch interessiert sein dürfte.

Ich wusste, dass meine Familie gesellschaftlich noch nicht auf dem Höhepunkt ihrer Leistungsfähigkeit war. Nun, ich würde ihnen die Spielregeln eintrainieren müssen, damit wir eine faire Chance bei diesem Roulette des Glückes bekämen.

Erste Regel: Beobachte die Einheimischen, schau dir ab, wie sie sich benehmen und wie sie aussehen, absorbiere es und versuche, es auf eine selbstverständliche Art und Weise zu reproduzieren. Oft lagen wir im Loch, das mit Tarnplane bedeckt war, und beobachteten die Leute mit Fernstechern. Alles wurde akribisch genau notiert, eine meiner Listen sah beispielsweise so aus:

8.30 Uhr: Mann geht Straße runter. Normal angezogen.

8.32 Uhr: Mehrere Männer gehen zusammen die Straße lang. Kleidung: normal.

8.33 Uhr: Es sind auch Frauen unterwegs, sie benehmen sich typisch weiblich.

8.33 Uhr: nicht zu vergessen: natürlich herrscht Straßenverkehr, genauer: Es fahren durchweg Autos hier lang.

8.34 Uhr: Ein Mann bückt sich, er macht etwas an seinen Schuhen, Einsatz Teleobjektiv: Er hat dort eine Art Fäden angebracht, die er auf komplizierte Weise verflicht, Frage: Geheimzeichen oder Alltagskunst?

Usw. …

Diese Aufzeichnungen lasen wir uns gegenseitig stundenlang vor und sogen uns quasi voll mit diesem neuen Wissen. Das nennt man, glaub ich, Assimilation.

Wir hatten beschlossen, den Gang durch die gesellschaftlichen Instanzen von der Basis aus zu beginnen, sozusagen in der untersten Kaste in den Fahrstuhl zu steigen und direkt bis oben durchzufahren. Hier am Washington Square Garden hingen immer ziemlich viele Penner und Junkies rum, und ich versuchte, in die Szene reinzukommen.

Ich kaufte mir erst mal 'ne Plastiktüte und 'ne Tube Pattex, setzte mich auf eine Parkbank und drückte die halbe Tube in die Tüte. Respektvolle Blicke begleiteten mich von mehreren Seiten, und mutig setzte ich an, um das Zeug auszutrinken. Das war 'ne ziemlich scheußliche Angelegenheit, weil mir der gesamte Mund verklebte, aber ich trank unverdrossen weiter, und ziemlich schnell setzte sich einer von den Typen zu mir und fragte, ob er auch einen Schluck haben könne. Einer hatte eine Flasche O-Saft dabei und bot sie zum Mischen an. So schmeckte es schon viel besser. Alles in allem wurde es ein ziemlich gemütlicher Nachmittag, und wir holten noch drei bis vier Tuben nach. Total dicht und verklebt, aber auch zufrieden kam ich abends nach Hause und berichtete meiner Familie von den neuen Freunden.

Bappa wurde bald die coolste Wampe am Platz und hatte alle Bögen raus. In ein Blumenbeet hatte er zwei tiefe Löcher gegraben, in die er seine Beine steckte, die Hosen waren geschickt umgekrempelt. Er sah tatsächlich so aus, als wenn er keine Beine mehr hätte, und zockte so 'ne ganze Menge Kohle ab. So wie er drauf war, konnte man das sowieso nicht mehr christlich nennen. Ich meine, er zog sich wirklich alles rein, ob nun Bier oder Weinschorle, das war ihm alles schnuppe, Hauptsache gut drauf und coole Kunstgespräche führen.

Und er hatte wirklich was drauf in der Beziehung, alle hörten zu, wenn er erzählte, von wegen Dalí wäre auch nur ein Mensch gewesen und die Zeit der Ölmalerei wäre ja wohl vorbei, seitdem es Airbrush gibt. Eines Tages kam während so eines Vortrages ein Fernsehteam vorbei mit 'ner Moderatorin, die nach Authentizität suchte. Die blieben stehen und fingen an, den Vortrag zu filmen, den Bappa gerade hielt. Das stachelte den alten Sack zusätzlich an, und er übertraf sich selbst in seinen Ausführungen. Er sagte Sachen wie: «Der Mensch ist ein Pinsel in der Hand Gottes, und die Geschichte ist das monumentale Gemälde, an dem gearbeitet wird. Jeder Einzelne ist eine Borste an dem Pinsel und kann dem Gemälde eine neue Farbe hinzufügen. Und das sollten die Menschen nicht länger hinnehmen, diese Degradierung zu einem bloßen Werkzeug. Die Menschen müssen den Pinsel selber in die Hand nehmen, der Pinsel sollte der Maler werden und das Gemälde muss sich selber weitermalen, jeder Einzelne sollte ein Meister werden dürfen, das ist eine künstlerische Revolution, die ich hiermit ausrufe!» Beifall von allen anwesenden Pennern und Junkies, die Moderatorin war begeistert und bat Bappa, ihn einladen zu dürfen in eine TV-Show.

Wie man sich nur unschwer vorstellen kann, war dies der Beginn unseres sozialen Aufstieges in New York. Zwei Wochen nach der Begegnung wurde Bappa tatsächlich in eine mittelgroße TV-Show eingeladen, sozusagen als der Pennerpapst mit Kunsttalent, und da er sich natürlich die Gardinen ordentlich zugezogen hatte, ließ er richtig vom Leder. Von wegen das Fernsehen würde der Welt ihr Antlitz klauen, genau, als wenn man jemandem das Gesicht amputieren würde, und er fände das soziologisch bedenklich, aber künstlerisch reizvoll, und die Moderatorin wäre ja wohl die schärfste Predigerin des Unterganges, die er je gesehen hätte.

Natürlich waren wir mitgekommen und hatten uns schick hergerichtet, so eighties-mäßig mit Netzhemden und Einstichen an den Armen. Wir saßen in der ersten Reihe und schrien jedes Mal laut vor Begeisterung, wenn Bappa eine seiner Kanonaden losgelassen hatte. Das heizte natürlich auch dem Publikum ein, die uns alle ziemlich ekelhaft fanden. Alles in allem hatte die Sendung vergleichsweise gute Quoten, glaub ich, und das ist ja das Einzige, was zählt.

Dies war nur der erste von diversen kleineren und größeren Fernsehauftritten Bappas, und bald bewegten wir uns in den besten Kreisen der Stadt. Es galt als äußerst schick, eine Einladung zu uns nach Hause zu bekommen, und wenn wir ein Diner gaben, hielt oftmals eine ganze Reihe Luxuslimousinen vor unserem Loch. Die von ganz oben stiegen zu uns nach ganz unten.

Natürlich hatten wir zu der Zeit schon alle eigene Apartments in Manhattan, Bappa hatte sogar eine eigene Suite im Ritz. Wir trugen nur noch Maßgeschneidertes von Johnny Moreno und Ellen Sussex, und nur wenn wir zu 'ner Show mussten, kramten wir den stinkenden Kram raus, der früher unsere Kleidung gewesen war und den wir nun hatten waschen und von Bühnenbildnern originalgetreu nachverdrecken lassen.

Wir waren ganz oben angekommen, und das Leben kam uns vor wie heißer Dampf. Wir erlebten Visionen von sprühender Traurigkeit hinter schusssicheren, getönten Scheiben. Das Licht brach sich in unseren wässrigen Augen zu kleinen Sternen, die Farben der Welt kamen uns verwaschen und vergilbt vor. Es war ein Rausch der Stille und der Erkenntnis. Alte Musik lag in unseren Ohren und wehte uns wie ein Nachhall hinterher, wir sahen schön und immer müde aus, wir sahen aus wie aus einem Foto geklaut, und wir konnten uns selber nicht mehr anders fühlen wie Figuren aus einer Geschichte.

Eines Abends fuhr uns ein betrunkener Chauffeur gegen eine Wand.

Ich verbrachte Wochen in einer Reha-Klinik. In dieser Zeit der sexuellen Quarantäne machte ich mir ein paar erotische Skizzen. Diese möchte ich gerne als Drehbuch in Hollywood oder bei Bernd Eichinger anbieten. Das tue ich am besten gleich:

Lady Gulliver:
Ein erotischer Bericht aus dem Musikbusiness

Es war ruhig und dunkel. Zu den ersten Klängen von «Charly come home» brach das Licht von 200 000 Watt starken Scheinwerfern in die Arena. Aufgerissene Augen, offene Münder, lange Haare in die Luft geworfen, hochgereckte Hände. Und dann kamen sie auf die Bühne: Scott Baxter sen. & the Tigers. Scott sah umwerfend aus: Sein knochiger Körper steckte in einem engen Stretchnylon in Flammenfarben, so ein Ganzkörperanzug, wie ihn auch David Lee Roth trägt. Die langen blonden Haare hatte er zu einem Pferdeschwanz gebunden, dazu noch ein Stirnband um den Kopf. Und natürlich prangte an seinem linken Arm wie immer sein Markenzeichen: die Wikingerarmreifen, die er in Haithabu/Europa gekauft hatte. Sie sollten seine persönliche Einstellung zur Freiheit symbolisieren. Für seine fünfundfünfzig Jahre sah er umwerfend aus. Die Tigers legten direkt richtig los. Das lange Schlagzeugsolo am Ende von «Charly come home» war schon immer Steve Barrys Meisterstück gewesen, aber heute übertraf er sich selber. Die anderen Tigers nickten anerkennend. Dann folgte Hit auf Hit: «Lovebabe», «Legs in black leather», «Dancing like the wind», «I hate the hate», «Hey Mr. President», «Boogie woogie all the night», «Rock like Mount Everest», «The Bedtime Rock» und so weiter und so fort. Vom ersten Ton an war das Publikum auf achtzig, die Menschen sangen jede Zeile mit. Die ganze Bühne war als überdimensionale liegende Frau im Bikini hergerichtet, und die Musiker konnten auf ihr herumtänzeln, da dort überall Laufstege waren. Das sah sehr sexy aus, quasi wie ein großer weiblicher Gulliver, der von Zwergen bestiegen wurde, und das war auch der Name der Show, der in riesigen Leuchtlettern hinter der Bühne prangte: Lady Gullivers Rock & Roll Theater. Die Idee zu diesem Bühnendesign hatte natürlich Scott höchstpersönlich gehabt, es sollte seine Huldigung an die Frauen sein. Für «Cry like a bird» hatte er sich einen ganz besonderen Clou überlegt: Direkt zu Anfang des Songs, noch während des langen Keyboardsolos von Spider Lee, verschwand er spurlos, und als der Gesangspart beginnen sollte, suchte jeder mit Blicken nach ihm. Da öffnete sich auf einmal der Mund von Lady Gulliver und heraus kam: Scott mit einem Strauß Rosen in der Hand, die er sofort ins Publikum schmiss: Die Leute flippten total aus. Rechts auf der Bühne war eine kleine VIP-Loge für Stage Guests, dort saßen die besten Freunde und Familienangehörigen von Scott & Co. Auch ich hatte dort meinen Platz, da Scott mein Daddy ist, und so konnte ich die ganze Szenerie gut überschauen. Neben mir saß Beverly Springfield, die junge, schöne Promotionschefin von Horse Records America. Sie trug ein Wildlederkostüm, hohe Leggings und eine Feder im Haar, damit betonte sie ihre Vorliebe für indianischen Style. Beverly war eine faszinierende Frau, die es in drei Jahren geschafft hatte, die gesamte Karriereleiter von unten nach oben zu überspringen. Sie war ein großer Fan von Scott und kam fast zu jeder Show. Er hatte Lady Gulliver nach ihrem Ebenbild designen lassen, denn sie hatte einen perfekten Körper. Beverly beobachtete Scott unablässig, sie konnte die Augen nicht von ihm wenden, von seinem ebenmäßigen Gesicht und den drahtigen Muskeln, die diesen interessanten Komponisten unaufhörlich über die Bühne springen ließen. Nach der Show, nach all den unendlich vielen Zugaben und dem tosenden Applaus der Massen, lief Scott als Erstes zur VIP-Loge. Es war erstaunlich, wie ausgeglichen und entspannt er wirkte, man merkte ihm die große körperliche Anstrengung überhaupt nicht an. Sein Blick streifte unsere Gesichter, an unseren Mienen konnte er ablesen, wie grandios er gewesen war. Vor Beverly blieb er stehen. Die junge Promotionschefin stand auf und umarmte Scott scheu, schließlich waren sie bisher nichts anderes als gute Geschäftspartner, die sich aber durchaus sympathisch fanden. Der männliche Duft, der wie ein erotischer Wind von Scotts dunkler Haut aufstieg, machte Beverly sekundenlang benommen. Sie schloss die Augen und sah eine weite Prärie, über die ein wilder Hengst galoppierte, sie selber war mit nichts bekleidet außer dünnen Mokassins und sprang über den weichen Steppenboden, ein Lasso schwingend, um den Hengst einzufangen und zuzureiten. Aus Angst, man könnte ihr diese Gedanken ansehen, machte Beverly einen Schritt zurück. Plötzlich blickte sie in Scotts wissende Augen.

Scott lud uns alle zum Essen ins «Monroes» ein, er hatte den gesamten Laden kurzerhand für sich, uns, die Band und die gesamte Roadcrew gemietet – so war Scott Baxter! Es waren noch ein paar andere Promis anwesend: Steve Buck von «China Monkey», Linda Rossfield, die Chefin von «Pomp, Duck & Circumstances» in Chicago, Steve Blame, ein ehemaliger Fernsehmoderator, und Sarah Fields, die Hauptdarstellerin aus «Nicht ohne meine Tochter». Mit Sarah führte ich eine lange, witzige Debatte über die Todesstrafe, und wir teilten die liberale Ansicht, dass die Todesstrafe eher selten angewendet werden sollte, nur in Fällen, wo es gar nicht anders geht. Nun ja – zurück zu meinem Daddy, denn um den geht's hier ja eigentlich.

Als die komplette Runde in muntere Gespräche vertieft war, verschwand Scott unbemerkt in die Küche. Nach einer Viertelstunde kam ein Küchenjunge herein, der Beverly bat, mit ihm zu kommen, niemand fiel etwas auf. Beverly folgte dem Jungen etwas unsicher, der sie durch die Küche führte und dann zum Hinterausgang hinaus. Dort stand ein Sattelschlepper, wie er sonst zum Transportieren der Bühnenelemente gedacht war.

Eine der hinteren Türen stand offen, und der Junge bedeutete Beverly, dort einzusteigen. Als sie sich zierte, griff der Junge in seine Tasche und zog einen der Wikingerarmreifen von Scott hervor. Sie nahm den Reifen entgegen und stieg die Rampe empor. Ihr Erstaunen war groß, als sie das Innere des Trucks betrat. Er war ausgestattet wie eine Suite in einem Luxushotel: Aus allen Nischen strömte warmes, indirektes Licht, die Wände waren mit rotem Samt tapeziert, es gab eine Bar, diverse Sitzkissen auf dem mit üppigen Teppichen dekorierten Boden und ein großes indisches Bambusbett. An den Wänden hingen Bilder von großen Legenden des Rock, geschmackvoll gerahmt und angeordnet. Aus nicht sichtbaren Lautsprechern klang ein Best-of-Tape von Scott Baxter & his Tigers. Beverly fühlte sich spontan wohl und heimisch. Bis sie Scott entdeckte. Er lag auf dem Bett, mit nichts bekleidet als einem schmalen Tuch, das über seinen Lenden lag. Seine Augen waren geschlossen, und das lange, frisch gewaschene Haar lag wie ein Strahlenkranz um seinen Kopf verteilt. Er wollte ihr Zeit geben, ihn ausführlich zu betrachten, denn er wusste um seine Wirkung. Beverly ging darauf ein. Zärtlich tastete ihr Blick seinen Körper ab, stieg auf die Berge seiner reifen Muskeln und fiel in die Schluchten zwischen seinen starken Beinen. Seine Haut war mit Jojobaöl eingerieben, sie glänzte und roch nach frischem Moschus. Ohne es selber zu merken, war die junge Frau näher an das Bett herangetreten. Langsam und ein bisschen wie in Trance fing sie an, sich auszuziehen. Die Kleidung ließ sie achtlos auf den Boden gleiten. Als sie nackt war, zog sie die Adlerfeder aus ihrer Frisur und löste ihr langes schwarzes Haar, das ihr in glänzenden Locken um die Schultern spielte. Vorsichtig bestieg sie das Bett und kniete sich neben den weltbekannten Rockstar. Mit der Feder begann sie vorsichtig, seine Gliedmaßen zu streicheln, und an besonders kitzligen Stellen konnte sich Scott ein Kichern nicht verkneifen. Durch halb geschlossene Lider musterte er die attraktive Promotionschefin. Ihr wunderbarer, voller weiblicher Körper war auf dem Höhepunkt seiner Blüte angelangt, er war reif wie eine prächtige Frucht zum Pflücken, dachte der Sänger und Bandleader. Der Schatten von Beverlys Haupt fiel über sein Gesicht, langsam senkte sie ihre schweißperlenbenetzten Lippen auf seine. Warm umschlangen sich ihre Zungen wie herzliche Freunde, die baden gehen. Sie küssten und liebkosten sich die ganze Nacht, ohne mehr voneinander zu fordern, ließen das unsagbar Schöne hinter seinen goldenen Mauern ruhen, denn dies sollte der Garten ihrer Zukunft werden. Glücklich schlief das interessante Paar am frühen Morgen ein.

Stunden später wurde Beverly durch sanfte Erschütterungen geweckt. Sie bemerkte, dass der Truck in Bewegung war, und suchte vergebens den Raum nach Scott ab. Dann fiel ihr eine Tür am Kopfende des Wagens auf, die sie vorsichtig öffnete. Zu sehen war die Fahrerkabine, und auf dem Fahrersitz saß Scott Baxter senior in Person. Er lenkte den schweren Sattelschlepper ganz allein und bot ein wunderbares Bild, denn er hatte sich ein authentisches Indianerkostüm angezogen. Beverly setzte sich auf den Beifahrersitz und schmunzelte ihn an. Humorvoll hauchte sie: «Na, großer Häuptling Wilder Hengst, wohin geht's denn?» Schlagfertig erwiderte Scott: «Wilder Hengst lenkt großen Büffel aus Eisen in sein Reservat.» Die beiden prusteten vor Vergnügen über die witzige Unterhaltung und konnten gar nicht mehr aufhören. «Und, hat Squaw Chochee mein Wigwam gefallen?», darauf Beverly kichernd: «Hugh, ein gutes und schnelles Tipi, was du da hast, Wilder Hengst.» – Großes Gelächter. Inmitten dieses lustigen und lockeren Geplänkels bemerkte Scott, dass Beverly ja immer noch nackt war, während sie durch die Straßen von Chicago fuhren. Ein Blick aus dem Fenster zeigte ihm, dass er nicht der Einzige war, der das Schauspiel auskostete. Immer wieder fielen von allen Seiten neugierige Blicke in ihre Kabine. Beverly war das egal, sie hatte nichts zu verbergen und ging sehr natürlich mit ihrer Nacktheit um. Das wiederum gefiel Scott.

Nach mehrstündiger, sehr vergnüglicher Fahrt kamen sie in Clearland an. Scott bog auf eine kleine Seitenstraße ab, die in eine lange, von dichten Bäumen gesäumte Feldallee mündete. Nach ein paar hundert Metern erschien ein großes eisernes Tor, das mit einem großen Schild übertitelt war: «Fort Baxter». Hier also wohnte dieser ungewöhnliche Kreativling, dachte sich die junge Beifahrerin voller Respekt. Die Allee führte auf dem Grundstück weiter, nur dass sie jetzt links und rechts von einem regelrechten Wald umgeben war. Nach weiteren fünfhundert Metern taten sich die Bäume zu einer großen Lichtung auf. Dort stand ein herrliches Anwesen, ein strahlend weißes Gouverneurshaus. Hinter dem Haus, das an einem der Fußhänge der Rockys lag, erhob sich eine saftige Wiese. Alles in allem erschien der Ort Beverly wie ein kleines Paradies auf Erden. Scott sagte ihr, dass sie den Truck ruhig nackt verlassen könne, denn auf diesem Grundstück sei außer ihnen beiden keine Menschenseele. Während sie auf das Anwesen zuschritten, genoss Bev die warmen Sonnenstrahlen auf der Haut, sie spürte Scotts zärtliche Blicke auf ihrem Hinterteil. Und tatsächlich konnte er die Augen nicht von ihr abwenden, jedes noch so kleine Beben ihres perfekten Gesäßes beim Gehen versetzte ihm Stromstöße des Entzückens. Unterwegs ließ auch er die Hüllen fallen, und als sie den lichtdurchfluteten Innenhof des Gebäudes betraten, waren sie beide nackt wie Adam und Eva im Garten Eden. An diesem Nachmittag verbrachten sie Stunden damit, sich einfach nur gegenseitig zu betrachten, einander zu umschleichen und den Anblick des anderen zu genießen. Immer wieder nahmen sie andere Positionen ein, um dem Gegenüber eine neue Blickvariante zu ermöglichen. So stark war ihre Erregung, dass sie beide zum Höhepunkt kamen, ohne sich ein einziges Mal berührt zu haben. Glücklich nickten sie ein, jeder an dem Platz, wo er gerade lag.

Im sanften Schein der Abendsonne erwachte Scott durch ein handfestes Zeichen des Hungers in seiner Magengegend. Er blickte sich um, aber Bev war nirgends zu entdecken. In der Küche wurde er endlich fündig. Augenscheinlich war auch sie auf der Suche nach etwas Essbarem. Scott nahm sie bei der Hand und führte sie vor das Haus. An der Wand lehnten zwei große Bögen aus Rosenholz und zwei Köcher mit Pfeilen. Bev schaute ihn staunend an, und er beantwortete ihre stumme Frage: «Ich wohne nicht umsonst hier mitten im Wald. Ich pflücke nur die Frucht, die ich selbst gezüchtet habe, und brate nur das Fleisch, das ich selber gejagt habe!» Beverly Springfield, die Stadtfrau, war von diesem Unikum einfach überwältigt. Sie dachte: «Er trägt echte Verantwortung für die Natur, und trotzdem bewegt er sich sicher in den Zentren der Massen. Er muss ein Halbindianer sein.» Gemeinsam gingen sie auf den nahen Waldrand zu, nackt wie zwei geschmeidige Raubkatzen. Sie schlichen durch das Halbdunkel zwischen den niedrigen Laubbäumen und legten sich ab und zu auf den Boden, lauernd, ob nicht ein Tier ihre Jagd kreuzen würde. Nach einer Weile erreichten sie ein Tal, in dessen Grund ein See lag. Scott hielt seine Squaw zurück und bedeutete ihr, sich auf die Lauer zu legen. Beide warteten eine stille halbe Stunde. Dann betrat aus einem Gebüsch am Ufer vorsichtig ein Hirsch das Geschehen. Er schaute sich um und hielt witternd die Nüstern in die Höhe. Als er sich sicher wähnte, trat er ans Wasser, um zu trinken. Das war das Zeichen für ein kleines Rudel von Rehdamen, die ihm nun relativ achtlos aus dem Gebüsch heraus folgten und ebenfalls ihren Durst stillen wollten. Beverly sah in Scotts Gesicht und erschrak: Es war hart geworden und die Augen kalt und stechend, während er die Tiere beobachtete. Mit einer herrischen Geste wies der Sänger sie an, auf dem Boden zu bleiben, und erhob sich langsam, um seine Waffe anzulegen. Bev hatte Angst, Angst angesichts dieser unheimlichen Verwandlung, Angst vor der Gewaltbereitschaft, die dieser Jäger ausstrahlte, aber auch Angst um die süßen Rehe, die dort unten ahnungslos tranken. Sie erkannte, dass tief in Scott ein Tier wohnte, das wild war und sich nicht zähmen lassen wollte: ein Raubtier. Dann legte Scott einen Pfeil ein und spannte die Sehne. Er war sehr ruhig und konzentriert, der kräftige Bogen spannte seine prallen Muskeln. Lange zielte er tonlos, dann ließ er den Pfeil fliegen. Ein leises Sirren war zu hören, sonst nichts, und am Ufer brach ein Reh erschrocken zusammen. Es fiel auf die Seite und war sofort tot: Blattschuss. Panisch stob das Rudel davon, während das junge Paar zum Ufer ging. Beverly hatte Tränen in den Augen, sie war verwirrt. Scott Baxters Züge hatten sich wieder entspannt, als er Bev anblickte. Er wusste, was in ihr vorging, und nahm sie in den Arm. Er sagte: «Ich trage die Verantwortung für meine Taten. Wenn ich Fleisch essen will, dann braucht es niemand anders für mich zu erlegen. Du isst doch auch Fleisch, hast du jemals ein Tier getötet?» Bev verneinte schluchzend. «Na, dann wird es aber höchste Zeit», schmunzelte der natürliche Rockstar, «von mir aus können wir's auch auf morgen verschieben.» Erleichtert nickte die schöne Städterin. Scott schulterte das Reh, und sie traten den Rückweg an. Im Haus angekommen, machte Scott sich sofort daran, das Tier auszunehmen und den Braten vorzubereiten. Während das Fleisch schmorte, gerbte er das Fell und legte es zu den vielen anderen auf den Boden vor dem offenen Kamin im Wohnzimmer. Überall brannten Kerzen, und es roch angenehm nach ätherischen Ölen. Beverly kam sich ein bisschen wie im Mittelalter vor, wie sie da nackt auf den Fellen lag und der Mann den Braten auftrug. Sie aßen mit den Händen, schmierten das Bratenfett auf ihre glänzenden Körper und tranken selbst gekelterten Wein. Beide wussten: Heute würde ihre Nacht sein, heute würden sie die Grenze zum Paradies überqueren. Sie verfielen in einen Rausch der Sinne. Sie fingen an, sich gegenseitig zu füttern, und berührten sich immer häufiger. Scott legte sich auf den Rücken, und die schöne Plattenfirmenangestellte kniete sich über ihn. Zärtlich legte sie ihm ein Stück Fleisch auf die Lippen, nahm einen Schluck Wein und gab ihm aus ihrem Mund zu trinken. Sie spürte seine steigende Erregung, spürte und genoss sie, doch schließlich erlöste sie ihn. Die ganze Nacht verlebten sie in einem großen Liebesrausch, die zahllosen Orgasmen spülten wie Wellen an die Küsten ihrer Körper. Im Morgengrauen schliefen sie satt und befriedigt ein. Das Letzte, was Beverly dachte, bevor sie einschlief, war: «Ich habe ihn gefunden, den wilden Hengst, den Mann meines Lebens.»

WAS DIE WELT NOCH BRAUCHT

Als wir die Reha-Klinik verlassen durften, beschloss die ganze Familie, sich fürs Erste zu trennen. Zu eng beieinander waren unsere Pfade gewesen, zu stark verschlungen unsere Schicksalssträhnen. Ich ließ mich wie so oft einfach treiben, ich wartete auf ein Zeichen. Im Fenster eines Reisebüros in Manhattan las ich von einer Schiffsreise nach Europa mit dem Ziel Rotterdam. Ich buchte sie. Nach ein paar herrlichen Wochen auf See fuhren wir in den Hafen der großen holländischen Stadt ein. Neugierig ging ich von Bord.

Rotterdam ist eine wunderschöne Stadt mit einer eindrucksvollen Altstadt und einem ausgedehnten Grüngürtel, quer durch alle Viertel. Das mittelalterliche Erscheinungsbild der Altstadt zog mich magisch an, dort stand die Zeit einfach still, jeder Stein atmete ruhige Gelassenheit. Hier schien jeder zu wissen, wer er war und was er zu tun hatte. Die schmalen, hohen Büttjehäuser an den Grachten schauten aus fünfhundert Jahre alten Fensteraugen in die nervöse Gegenwart und ließen sich davon nicht beeindrucken. Hinter ihnen lag die Geschichte wie ein Gehirn, das nichts vergaß. Die Antjes liefen wie seit eh und je mit ihren Käsegondeln durch die engen Gassen und sprangen hurtig in die Hauseingänge, wenn es mal wieder aus einem der oberen Stockwerke tönte: «Akdung, Pissje!», und eine Hausfrau die Notdurft einer Nacht aus dem Fenster kippte. Wie oft blieb ich verwirrt und überrascht stehen, wenn es mich mal wieder feucht von oben erwischt hatte. Das Leben war dort wie ein einziges, durchgehendes Burgfest, natürlich – so muss man einwenden – auch ein bisschen um der Touristen willen. Oft begegnete man Gruppen von Menschen in Schnabelschuhen, Wams und Mieder, die auf dem Weg zu irgendeinem Marktplatz waren, um dort ein Mysterienspiel aufzuführen. Ich genoss dieses urgemütliche Flair und wollte mich hier gern ein Weilchen niederlassen.

Da ich über einige Ersparnisse verfügen konnte, war es für mich nicht weiter schwer, eine kleine Parterrewohnung an einem dieser Plätze zu finden, die ich mir von einem schwedischen Einrichter behaglich ausstatten ließ. Schon seit langem trug ich eine Berufsidee mit mir herum, die ich nun endlich in die Tat umsetzen wollte: Erfinder werden. Wie oft passiert es einem im Alltag, dass man an der unzureichenden Entwicklung von Gebrauchsgütern verzweifelt und sich denkt: Das könnte ich besser machen. Allerdings wollte ich nicht einfach nur Dinge erfinden, sondern auch Inhalte – konkreter: Sprache, Begriffe, Wendungen, Sprüche. Es gibt so viele Erfahrungen, die noch nicht benannt sind, so viele Gefühle, die keinen angemessenen Ausdruck finden. Um nur ein Beispiel zu geben: Jeder kennt dieses Gefühl, wenn man sich den Kopf an einem harten Gegenstand stößt, es tut grausam weh, und dann kommt jemand, haut einem auf die Schulter und fragt, ob es schlimm sei. Dem möchte man doch am liebsten eine donnern, oder? Da kann man in dem Moment überhaupt nicht drauf. Aber jenes Gefühl, das man dann gerade empfindet und das man wohl am ehesten mit Aggression oder Hass bezeichnen könnte, bräuchte einen differenzierteren Namen, denn es dreht sich ja de facto nicht um normalen, sinnvoll angebrachten Hass, sondern um quasi fehlgeleiteten Hass, der eigentlich etwas anderes treffen sollte, nämlich den Gegenstand, an dem man sich verletzt hat. In diesem Fall würde ich dann ein neues Wort vorschlagen, das genauer und schneller ist, wie zum Beispiel *Umleitungshass*. Jemandem nach einem wie oben beschriebenen Hilfsangebot zu sagen: «Ich hasse dich!», könnte Verhängnisvolles nach sich ziehen, dagegen klingt der Satz «Ich habe Umleitungshass auf dich!» stark entschärft und verweist auf das eigentliche Objekt des Hasses.

Ich richtete mir also im vorderen Zimmer ein Büro ein und brachte draußen ein Schild an, auf dem stand: «IDEE GmbH: Erfindungen und Verbesserungen». Dann setzte ich mich an meinen Schreibtisch, legte einen Notizblock vor mich hin und wartete. Wartete auf Kunden und auf Eingebungen. Beide blieben aus. Ich wartete und wartete, bestimmt eine Woche. In der Zeit kritzelte ich auf dem verdammten Notizblock herum, aber mir fiel absolut nichts ein. Ich versuchte, meine Gedanken in verschiedene Richtungen zu konkretisieren, allein die Ergebnisse blieben mehr als dürftig: Unter anderem dachte ich daran, Rasenmäher viel breiter zu machen, damit man den Rasen schneller mähen könnte, aber die damit verbundenen technischen Probleme wie die Unterbringung des Motors usw. ermüdeten mich so schnell, dass ich das Projekt verwarf. Die gesamte Angelegenheit musste rationaler angegangen werden. Erstens musste ich feststellen, was es bereits gab und was noch gebraucht werden würde, zweitens, was an dem, was es bereits gab, schlecht war und wie man es verbessern könnte. Dieser Ausgangspunkt führte mich bald zu handfesten Ergebnissen.

Ich notierte zum Beispiel: Was ist der Nachteil an Zeitungen, ungeachtet ihres Inhaltes? Antwort: Sie zerfleddern schnell, reißen, werden bei Berührung mit Flüssigkeit nass und matschig, wehen im Wind weg. So weit die ersten Assoziationen. Wie könnte man dieser Probleme Herr werden?

Man müsste die Zeitungen aus einem anderen Material herstellen, einem, das reißfest, wasserfest, fleddersicher und schwerer als der Wind ist. Dann könnte man sie sogar beim Schwimmen lesen. Welches Material kam demzufolge in Frage? Antwort: Plastik oder Synthetikstoff. Ich fand das Ergebnis total bescheuert und verwarf auch diese Idee.

Auf ein Neues, dachte ich und zäumte das Pferd anders auf. Welches Thema ist gerade brandaktuell? Ganz klar Ökologie. Es sollen doch an allen Ecken und Enden Energie, Wasser und Rohstoffe gespart und sinnvoll verwendet werden. Wo wird Energie verschwendet? Zum Beispiel bei Fußballspielen am Abend und in der Nacht. Wie könnte man die Energiekosten senken? Indem man die Flutlichtanlagen ausschaltet. Wie könnten die Spieler und das Publikum trotzdem den Ball verfolgen? Indem er leuchtet! Diese Idee gefiel mir außerordentlich. Ein fluoreszierender Ball und vielleicht auch noch fluoreszierende Trikots. Das wäre nicht nur energiesparend, sondern auch noch sinnlich-magisch. Zweiundzwanzig leuchtende Schemen jagen einer leuchtenden Kugel hinterher. Ich taufte den Ball «Lightball» (behielt mir aber als Alternative die Begriffe «Moon», «Sun», «Fireball» vor) und bot die Idee diversen Sportfirmen an. Leider erkannte keine das Potential, und so musste ich wohl oder übel auch diesen brillanten Einfall verwerfen.

Meine Misserfolge knickten mich, aber ich war nicht bereit aufzugeben. Verkrampft und übelster Laune rannte ich in meinem Büro im Kreis herum. Wenn ausnahmsweise doch mal ein Passant hereinkam, ließ ich mich zu Boden fallen und tat so, als schliefe ich, ich hatte einfach keine Lust auf Kontakt.

Als Nächstes fing ich an, über sinnige Bezeichnungen und Sprüche nachzudenken. Ich hatte mal von einer Frau in Berlin gehört, die hatte angeblich den Spruch «… nicht alle Tassen im Schrank haben …» und etliche andere erfunden.

Etwas in der Art müsste es sein, etwas, was ganz spontan in den Sprachschatz der ganz normalen Leute überginge. Gleich zu Anfang hatte ich eine tolle Idee. Als Merkspruch für «... nur Geduld, bloß nichts übereilen ...» erfand ich «... ja man kann ja auch keine Spatzenkinder flügge werfen ...», besser klang es noch, wenn man es leicht ins Schwäbische verlegte: «... ja du kannsch ja auch kei Spatzekinder flügge werfe ...» Ein Spruch, der in vielen Situationen zum Einsatz kommen kann:

Person A: Pabba, isch will jetz endlisch das Auto habbe ...

Person B: Ganz ruisch Jung. Du hasch doch noch gar kei Führerschei. Ode kann man Spatzekinder flügge werfe?

Eine bessere Antwort kann es nicht geben. Jetzt hatte ich allerdings mit dem nächsten Problem zu kämpfen. Wie konnte ich diesen begnadeten Spruch unter die Leute bringen und vermarkten? Ich rief bei verschiedenen Zeitungen und Werbeagenturen an und fragte, ob sie dafür Verwendung hätten, aber sie lehnten alle ab. Das klänge ihnen zu altmodisch, nicht peppig genug, ich könne mich gerne wieder melden, wenn ich was Frisches, Jugendliches mit Esprit anzubieten hätte. Ich war frustriert, da hatte ich nun einen Spruch erfunden, der sich so anhörte, als wenn es ihn schon ewig geben würde, quasi einen modernen Klassiker, und dann war so etwas überhaupt nicht gefragt. Ich kam von einer Sinnkrise in die nächste. War ich überhaupt ein Erfinder, ein Künstler, oder war ich einfach nur so am Leben?

Vielleicht sollte ich frecher, abwegiger, schriller, unerwarteter denken. Vielleicht brauchte die Welt sowieso nur noch Dinge, die sie niemals brauchen würde?

So begann ich, über Überflüssigkeiten nachzudenken, und fertigte eine Liste an: Katzenbleiche, Autoreifen mit bunten Entenbildchen drauf, ein Messer, das gleichzeitig Gabel und Löffel und Taschenlampe ist, Glühbirnen in Original-Essbirnenform, Klopapier, das «Ich komme, Götz von

Berlichingen» sagt, ein Hosenschlitz mit eingebautem Licht, eine Jeans mit einer Hinternlasche für das große Geschäft – aber ohne Reißverschluss, ein Autobeifahrersitz mit eingebautem Klo, Schuhe mit einer Fadenabrollvorrichtung – so, dass man seinen Weg zurückverfolgen könnte, Schallplattencover, die von innen mit Filz belegt sind – so, dass die Platten immer sauber bleiben, eine Pfeife mit integriertem Feuerzeug, eine Nasenklammer mit Dufttülle für Leute, die stinkige Arbeit verrichten müssen, Scheibenabdunkler aus dünnem netzartigem Stoff in Form eines süßen Pandabärengesichtes, den man mit einem Saugnapf auf jede Glasfläche hätte anbringen können – diese Idee strich ich gleich wieder, weil sie wirklich zu abseitig war, nur ausgemachte Idioten hätten so einen Quatsch gekauft.

Ich hatte das Gefühl, noch nicht weit genug gegangen zu sein, und nahm in mein Ideenrepertoire die Abteilung «Abartigkeiten» auf. Dazu fiel mir ein: «Pickelmückencreme» – eine Creme mit einem Mückenlockstoff, die man bei starker Akne auf die Pickel auftragen müsste, und eine Dose mit Mücken. Die geöffnete Dose müsste neben das Bett gestellt werden, nachts würden dann die Mücken die Pickel aussaugen. Ergebnis: ein aknefreies, aber leider juckendes Gesicht.

Die nächste Idee war noch gewagter, ich nannte sie «Analhundestiefel». Hierzu bräuchte man zwei abgerichtete starke Rottweiler, die von frühester Jugend an darauf trainiert waren, Gegenstände in ihrem Hintern zu transportieren. Im ausgewachsenen Alter könnte man diese Hunde quasi als wandernde Stiefel benutzen, die einem bei der Feldarbeit das Gehen abnehmen und die dreckigen Stiefel ersparen, wenn man sie einfach von hinten besteigt und sich von ihnen übers Feld tragen lässt.

Oder die mit den Rotzschnecken: speziell auf Rotz als Nahrungsquelle gezüchtete Schnecken, die man vor dem

Schlafengehen an den Nasenlöchern ansetzt. Die Schnecken fressen über Nacht die ganze Rotze weg, sodass man schnotterfrei aufwacht.

Am Ende dieses Tages hatte ich eine stattliche Liste von extraordinären Überflüssigkeiten zusammengestellt, von denen ich überzeugt war, dass sie der letzte Schrei in einer dekadenten Welt hätten werden können. Allein ein cleverer Vermarkter fehlte mir, der diesen herrlichen Blödsinn über den Globus streuen sollte. Und an wen sollte man sich in so einem Fall wenden? Kontakte nach Asien hatte ich nicht, aber ich wusste, wenn es irgendwo auf der Welt die richtigen Fertigungsstätten und Marketingstrategien gäbe, dann dort. Wenn ich nur den Schimmer einer Chance auf dem Markt haben wollte, musste mein Ziel Asien heißen.

Ehrlich gesagt, hatte ich von Rotterdam auch ziemlich die Nase voll, diese Stadt, die sich so offen und gemütlich gab, war in Wirklichkeit kalt und isolatorisch, große Geister wie ich hatten hier absolut keine Aussicht auf Anschluss. Hatte ich seit meiner Ankunft auch nur einen einzigen Holländer kennen gelernt? Nein! Ich packe mein Hab und Gut zusammen und beschloss, unverzüglich abzureisen. Ein letztes Mal schlenderte ich durch die zierlichen Gassen. Am Grotjemart blieb ich an einem Käseshop stehen, um noch einen Tilsiter zu mir zu nehmen. Ich beobachtete die vorbeieilenden Niederländer und musste anerkennen, was für ein wunderschöner, fragiler Menschenschlag hier lebte, wie grazil und anmutig sie sich bewegten, ja fast tanzten, und wie traurig ihre gepuderten Gesichter in eine Welt schauten, die sie nicht mehr verstanden. Ich erkannte das Drama, in dem ihr kleines Universum befangen war, an den Rand gedrängt, kurz davor, ins Meer zu kippen, und reduziert auf nichts anderes als Käse, Käse und nochmal Käse. Diese Menschen litten an einer schweren, kollektiven Depression, erzeugt durch Grachten und Milchprodukte. Ich konnte ihnen nicht helfen, höchstens mir selbst, und so eilte ich zum Hafen und suchte nach der nächstbesten Möglichkeit zum Übersetzen.

DER SCHWARZE HAHN

Ich hatte in der Zeit in Rotterdam meine gesamten Ersparnisse aufgebraucht. Also schminkte ich mir die Luxusliner ab und suchte nach einem einfachen Pott zum Anheuern. Rotterdam hatte den größten Verladehafen Europas, und es fuhren stets Schiffe in aller Herren Länder, nur ausgerechnet heute gab es keinen Kapitän, der Fernost ansteuerte, obwohl zwei Koreaner und ein Japaner reinkamen. In einer Hafenspelunke steckte mir ein Besoffener, dass ich mich am Altmetallpier umschauen solle, da müsse ein Kahn liegen, der heute noch ablegen würde, und der hieße «Der schwarze Hahn».

Ich suchte den Hafen nach besagtem Pier ab und fand ihn schließlich. Er war der letzte und schmutzigste Anleger weit und breit, und die schwarzen Wolken eines herannahenden Unwetters malten die menschenleere, finstere Kulisse unwirklich aus. Der Pier erstreckte sich zwischen den hohen Wänden alter, ausrangierter Schiffe wie ein kilometerlanger Tunnel. Langsam durchschritt ich ihn, mit einem Gesicht aus Stein. Ich machte auf hart, während ich voranging, quetschte meine Augen zu Schlitzen und rotzte oft auf den Boden. Der Wind wehte zwischen den Wracks durch und wirbelte leichtere Gegenstände auf. Es fing an zu regnen, und der letzte Rest Helligkeit wurde hinweggespült. Ich klappte meinen kleinen Cocktailschirm aus Seidenpapier auf und hielt ihn über mich. Das machte mir wieder Laune.

Nach einiger Zeit gelangte ich zum Ende des Piers, dort, wo nur noch ein paar alte Schrottkähne lagen, die total verrostet waren. Genau in der Kehre des Piers lag ein Schiff, das von oben bis unten schwarz gestrichen war. Ein echt heruntergekommener Pott, dessen zerfressene Rippen an vielen Stellen durch die schwarze Metallhaut atmeten. An Bord war keine Menschenseele zu sehen, und im dunklen Nass hatte ich das Gefühl, vor einem sterbenden Monstrum zu stehen. Allein im Fenster der Brücke sah ich ein einsames Licht flackern. Langsam senkte sich der Abend über Rotterdam, und ich war gezwungen, mich zu entscheiden: Sollte ich hier bleiben und an holländischen Depressionen ersticken, oder sollte ich den Schritt auf und in dieses morbide Ungewisse wagen? Ich ging an Bord und fragte laut, ob jemand da sei. Nach ein paar Sekunden öffnete sich die Tür der Brücke, und eine Gestalt trat heraus, um mich von oben bis unten zu mustern. Erst beim Näherkommen konnte ich das Gesicht im immer dichter prasselnden Regen sehen. Es war ein großer Mann von kräftiger, aber ausgemergelter Statur, mit einem hageren Gesicht. Er stellte sich als der erste Offizier des schwarzen Hahns vor.

Ich räusperte mich, dann nannte ich meinen Namen und fragte, ob man tatsächlich noch heute nach Asien ablegen würde. Mit leiser Stimme bejahte mein Gegenüber: «Um genau zu sein: nach Taipei auf der Insel Taiwan.» Wenn ich wolle, könne ich mitreisen. Spontan sagte ich zu, ich wusste auch nicht, warum, alles, was ich an Intuition hatte, brüllte auf, aber ich übersah jedes Warnsignal. Es war so, als hätte mein Schicksal mich an einer Hundeleine an Bord geführt, und jetzt konnte ich nicht mehr weglaufen. Ich hatte Angst vor diesem Schiff, Angst vor den Matrosen, wer hier anheuerte, musste wirklich alleruntersten Kajüte sein, dachte ich, während mein Spiegelbild mir aus einem Bullauge unverwandt entgegensah.

Der Offizier führte mich unter Deck durch ein verzweigtes System von Gängen, deren Wände ebenfalls schwarz gestrichen waren und von denen Wassertropfen perlten. Ich weiß nicht, wie viele Treppen wir hinabstiegen, aber im untersten Bauch dieses Stahlsarges öffnete er eine kleine Schleusentür, dahinter lag der Schraubenraum. Der Schraubenraum ist ein Raum, der, wenn es zu Problemen mit der Schraube kommt, geflutet werden kann, dafür öffnet man die Bordwand von innen und gelangt so an die Schrauben.

Dort lag eine schmale Strohmatratze auf dem Boden und eine Decke. Ich weiß nicht, warum ich den Platz ohne Widerrede annahm, ich blieb jedenfalls stehen, und mein Begleiter machte kehrt. Bevor er ging, sagte er noch, dass wir in zwei Stunden ablegen würden, dann sollte ich besser an Deck kommen. Als er die Tür hinter sich schloss, war ich allein.

Ich schluckte und ließ mich beklommen auf das Strohlager niedersinken. Eine in die Wand eingelassene matte Lampe erhellte den Raum, es gab keinen An-und-aus-Schalter. Direkt neben meinem Lager verliefen die beindicken Schraubachsen, die von den Schrauben direkt in den Maschinenraum führten. Ich legte mich zurück und fiel in einen unruhigen Schlaf, der mit nervigen Alpträumen daherkam. Irgendwann erwachte ich durch einen Ruck und den gewaltigen Lärm, den die Schrauben veranstalteten, nun, da die Maschine gestartet worden war. Ich sprang auf und machte mich auf die Suche nach dem Oberdeck. Natürlich fehlte mir jede Orientierung, und es dauerte bestimmt eine halbe Stunde, bis ich aus diesem Labyrinth an die frische Luft nach oben fand. An Deck war eine spärliche Besatzung angetreten, insgesamt zählten wir vielleicht achtzehn Mann. Die anderen waren alle in Schwarz gekleidet und begrüßten mich schon von weitem mit einem Kopfnicken. Aus der Brückentür trat ein großer, dicker Mann, der ein bisschen wie ein Ball aussah. Er warf einen finsteren Blick in die Runde, dann erhob er seine volltönende Stimme: «Kappt die Leinen!» Mehr Worte verschwendete er nicht, drehte sich um und ging wieder in den Steuerraum. Die

Männer trotteten in verschiedene Richtungen los, nur ich blieb ratlos stehen. Ein junger Matrose kam auf mich zu und wies mich an, ihm beim Kurbeln einer Winde zu helfen. Stumpf ergab ich mich in meinen neuen Job, ich hatte beschlossen, das Denken abzustellen, bis wir wieder festen Boden unter den Füßen hatten.

Langsam lief der schwarze Hahn aus dem Rotterdamer Hafen aus, schnell verschwand das Festland hinter einem undurchsichtigen Vorhang aus Gischt und Regen. Wir hatten einen relativ starken Seegang, und mir wurde übel. Die großen Schiffe, auf denen ich bisher gefahren war, hatten sich selbst bei Sturm kaum bewegt, aber das war hier komplett anders. Ich übergab mich mehrmals hintereinander in die brüllende See, die wie ein hungriges Monster gierig meine Kotze verschlang. Dann ließ ich mich erschöpft zu Boden sinken und wartete ab. Nach einiger Zeit beruhigte sich der Seegang etwas und ging in ein gleichmäßiges, schweres Schaukeln über. Der junge Matrose zog mich hoch und nahm mich mit unter Deck. Wir gingen in den Mannschaftsraum, der am Ende eines der schwarzen Gänge lag. Der Raum war hell und warm und strahlte zu meinem Erstaunen eine familiäre Atmosphäre aus. In der Mitte stand ein großer Tisch, auf dem dampfendes Essen angerichtet war. Um den Tisch herum saß die gesamte Mannschaft mitsamt erstem Offizier und dem Kapitän. Ich war ziemlich verblüfft, so viel Gastlichkeit war nicht zu erwarten gewesen. Die Matrosen unterhielten sich laut und lachend, und es dauerte einen Moment, bis sie mich bemerkten. Dann aber drehten sie sich alle auf einmal zu mir um und starrten mich an. Ich bekam ein wenig Angst, was würde jetzt passieren? Der Kapitän stand auf und sagte zu mir: «Willkommen an Bord, mein Junge, setz dich und iss!»

Ich spürte ein großes Gefühl der Erleichterung und setzte mich auf den mir angewiesenen Platz. Sofort machte sich

Gemütlichkeit breit, und es wurde auf Anhieb richtiges Seemannsgarn gesponnen. Nach der Suppe gab es herrliche Kohlrouladen, und dazu trank man Grog. Die Männer waren alle unheimlich sympathische und witzige Typen, so richtige Knuten mit Herz. Am witzigsten war aber der Kapitän, er stellte sich mir als Sir Stefan vor, ein uriges Original. Er schnackte pausenlos, rauchte sein Pfeifchen und sprang ab und zu auf, um einen kleinen holländischen Holzschuhtanz hinzulegen. Dann fingen wir alle an zu schwofen und zu schunkeln.

Sir Stefan war ein ganz Lieber, er strahlte so ein wohliges Opagefühl aus, und am liebsten hätte man sich ganz eng an ihn geschmiegt. Der erste Offizier, der mich an Bord empfangen hatte, entpuppte sich auch als ein total Süßer. Er hieß Daniel und war total redselig, die ganze Zeit mit Tüdelüt und Döntjes dabei, er kannte jede Menge Pat-und-Patachon-Witze, die erzählte er so niedlich, dass man einfach schmunzeln musste. Ich fühlte mich pudelwohl und kam zum ersten Mal seit langem richtig aus mir raus. Ich erzählte von all meinen Ängsten, dass ich Angst vor Räubern hätte und vor Entzündungen, oder zum Beispiel, dass ich in eine Gegend, in der Mörder wohnen würden, gar nicht erst reingehen würde. Alle anderen kümmerten sich rührend um mich, und so öffnete ich mich wie eine Kaktusblüte. Als mir die Leidenserfahrungen ausgingen, log ich den anderen einfach was vor. Ich erzählte ihnen, dass meine Schwester von einer Kuhherde totgetrampelt worden wäre, aber das sei nur meine Stiefschwester gewesen, denn ich sei ein Waisenkind, man hätte mich in einer Mülltonne gefunden. Meine Eltern hätten versucht, mich weiterzuverkaufen, aber das sei ihnen nicht gelungen, und deswegen wären sie zu Alkoholikern geworden, weil ich mit meiner Tbc so ein anstrengendes Kind war. Mein Vater sei Jahrmarktsboxer gewesen, aber er habe unter der Straßenbahn seine Beine verloren und hätte seitdem zu Hause die Familie tyrannisiert, bis viele von uns durch eine seltsame und tückische Krankheit starben, die sich Tübinger Stich nannte.

Die Seemänner hörten mir voller Wärme und Mitgefühl zu, einigen von ihnen kamen die Tränen, und der Kapitän umarmte mich. Ich machte ein tapferes Gesicht, meinen von Selbstmitleid gewässerten Augen zum Trotz, und sagte: «Na ja, ich werd's schon irgendwie schaffen.» Einer der Männer brach zusammen und fing hemmungslos an zu weinen. Ich ging zu ihm und tröstete ihn, was nur noch mehr Anerkennung einbrachte. Dann stimmte ich ein plattdeutsches Liedchen an, das zum einen meine Stärke unterstreichen und zum anderen die Stimmung heben sollte: «Hopp hopp hopp, im Swiensgalopp, rennt de Tiet vorbie ...»

Die anderen fielen mit ein, dann tanzten wir alle durch den Raum, Arm in Arm. Jemand setzte mir seine Kuddelmütze auf, und von einem anderen bekam ich ein blau-weiß gestreiftes Fischerhemd, das ich stolz anzog. Der Grog floss in Strömen, und die Stimmung wurde immer ausgelassener. Der Kapitän lag mit zwei Männern auf der Eckbank und knutschte zärtlich. Nach und nach fingen alle Männer an, sich auszuziehen, sie umarmten sich, schmusten und machten Engtanz. Einer begann, mir den Rücken zu streicheln, und das war unglaublich schön. Ich zog das Hemd aus und legte mich auf den Tisch, sodass er mich massieren konnte. Ein paar andere küssten sich innig, ich merkte, dass alle Anwesenden sehr behutsam waren, keiner wollte zu weit gehen, alle wollten sich Zeit lassen, wir hatten schließlich noch eine lange Überfahrt vor uns. Die meisten kuschelten sich irgendwann in irgendeiner Ecke eng zusammen und schliefen ein. Nur der Kapitän und der erste Offizier verließen den Raum, sie gingen Hand in Hand hinaus, ich glaube, es war damals schon mehr zwischen ihnen. Ich schlief ebenfalls auf dem Boden ein, Wange an Wange mit einem süßen Typen aus Norddeutschland, der hieß Thomas Moor. Wir erzählten uns noch leise ein paar Ostfriesenwitze und kicherten vergnügt, dann erfasste uns der Schlaf.

Als ich am Morgen erwachte, fühlte ich mich wohl und behaglich. Thomas lag noch bei mir, und ich genoss das Aufwachen in meiner neuen Familie. Auch die anderen schlugen ihre Augen auf und streichelten ihre Partner liebevoll wach. Die mächtigen, geschmeidigen Muskeln der sensiblen Seemänner, die sonst für rohe Arbeit und nackte Gewalt benutzt wurden, waren hier an diesem Ort zu Instrumenten der Erotik geworden. Diejenigen, die Haarnetze getragen hatten, nahmen sie ab, und ihre langen Locken fielen ihnen offen um die Schultern. Beim gemeinsamen und gegenseitigen Rasieren ließen wir uns als Zeichen der Zusammengehörigkeit einen Schnäuzer stehen. Am Frühstückstisch saßen wir eng beisammen, wir hatten jede Angst vor zu großer Nähe verloren, im Gegenteil genossen wir jede Berührung, die wir voneinander erheischen konnten. Richtig lustig wurde es, als wir ein Marmeladebrot mit dem Mund weitergaben und jeder einmal abbeißen durfte, immer weniger Brot blieb übrig, immer näher kamen sich die Münder, dann ein deftiger Schlecker beim letzten Bissen, wir kreischten vor Vergnügen.

Später hakten wir uns ein oder gingen Hand in Hand auf Deck, und es entwickelten sich interessante Zweiergrüppchen, in denen angeregt über Gesellschaft und Sexualität diskutiert wurde. Der Arbeitstag war sehr entspannt, wir taten nur das Nötigste, ansonsten blieben wir bei jedem Anlass zusammen stehen, um zu klatschen oder ein bisschen rumzuschmusen. Es war warm und still, dem Gewitter waren wir entflohen. Die meisten von uns liefen mit freiem Oberkörper herum, und das Spiel des Sonnenlichts auf den Waschbrettbäuchen wirkte auf mich wie ein Mobile der Sinnlichkeit und der Lust.

Zu Mittag kam der Kapitän aus dem Steuerraum und begrüßte uns freundlich. Auch er zog sein Oberhemd aus, bestimmt, um uns näher zu sein. Er war wirklich dick, aber ich muss gestehen, dass seine Fleischmassen etwas Anziehendes und Erregendes hatten. Seine ganze Figur war unglaublich weich, von seinen Hüften hingen mehrere appetitliche Speckrollen herab, und der Bauch wölbte sich majestätisch über den Hosengürtel. Er sah aus wie ein Weichtier unter Wasser, und wir hätten ihm und dem trägen Tanz seines weißen Körpers in der Sonne stundenlang zusehen können. Er stieg die Treppe vom Deck hinab und legte sich in eins der Beiboote. Zu ihm legte sich sein augenscheinlicher Geliebter, der erste Offizier Daniel, und man hätte mutmaßen können, dass die beiden mindestens einen Schritt weiter gegangen waren als wir Matrosen, was natürlich als Offiziere auch ihr gutes Vorrecht war. Sie schliefen sofort zärtlich schmusend ein, und wir schüttelten gerührt die Köpfe. Als die Sonne am höchsten stand, zogen wir schließlich auch die Hosen aus, dabei fiel mir auf, dass die meisten Männer Stringtangas bevorzugten. Da konnte ich mit meinen türkisen Bermudas in puncto Freizügigkeit nicht so recht mithalten, aber egal: Hier galten keine Regeln irgendeiner Etikette mehr, und so liefen auch einige nackt herum, was ich besonders frech und witzig fand. Wir spielten Spiele wie das Wollknäuelspiel, bei dem man einen Kreis bildet und jeweils einer dem nächsten ein Wollknäuel zuwirft, dessen Ende er in der Hand behält. Das Wollknäuel wandert also immer weiter, von einem zum anderen, und dem, dem man das Knäuel zuwirft, darf man eine zwischenmenschliche Frage stellen oder aber ein Problem ansprechen, das man mit ihm hat. So entsteht durch den Wollfaden als Sinnbild für menschliche Beziehungen ein Netz der Zusammenhänge.

Einige rasierten sich lieber die Beine oder wuschen sich

die Haare. Nach dem Mittagsschlaf wurden ein paar Arbeiten verrichtet, aber schon zum Kaffee hockten wir wieder aufeinander und tratschten, was das Zeug hielt. Ein Typ namens Jürgen hatte eine leckere Kirschtorte gebacken, und so saßen wir bei Kaffee und Kuchen zusammen, quatschten und machten uns die Nägel.

Nach dem Kaffee arbeiteten wir wieder ein bisschen, abwaschen, putzen, kochen, nähen und so. Schon jetzt erwiesen sich die harten Maschinenarbeiten als zu anstrengend für die meisten, und genau an diesem Punkt begann unser Problem, der Riss im Paradies. Solange der Kahn lief und wir in kein schweres Unwetter gelangen würden, wäre alles in Ordnung, so viel wussten wir, aber selbst bei normalem Betrieb fingen die Maschinisten an, ihre Arbeitsmoral zu verlieren, sie wollten lieber mit uns an Deck rumhängen und Zärtlichkeiten austauschen. Und so kam es zu Spannungen, die anfangs noch unterschwellig waren, später aber mit Macht an die Oberfläche drangen.

Die Tage vergingen und unsere Probleme wuchsen. Zum Beispiel Rost klopfen. Früher war es ganz selbstverständlich gewesen, dass die untersten Mitglieder der sozialen Hierarchie so einen Job verrichteten. Jetzt gab es um alles Diskussionen, von wegen: «Wieso müssen wir das denn machen und die andern nicht? Sind die was Besseres? Wir ham aber kein Bock darauf! Wir wolln auch Kaffee und Kuchen!», und so weiter und so fort. Wenn der Kapitän dann nachgab, waren die andern wieder sauer, die früher niemals rangemusst hätten und jetzt auf einmal sollten.

Immer öfter gab es Zankereien, erst klauten sich die Männer gegenseitig das Strickzeug, doch bald wuchs sich das Ganze zu ernsthaften Handgreiflichkeiten aus. Im schlimmsten Fall zerrauften sie einander die Frisur und fügten sich üble Kratzer mit den manikürten Fingernägeln zu. Der Kapitän, der seine durchschlagende Autorität zugunsten des neuen emotionalen Fliederwindes an Bord aufgegeben hatte, wusste sich nicht recht zu helfen und versuchte nun, die unerbittlichen Konflikte durch gutes Zureden und beruhigendes Streicheln zu beenden.

Trotz allem schafften wir es, einen Großteil der Strecke halbwegs zu bewältigen, erst als wir uns im Indischen Ozean in Richtung der Malediven bewegten, begannen echte Probleme. Die Überfahrt von Aden am Ende des Suezkanals zu den Inseln wollte kein Ende nehmen, sie führte mitten über den weiten Ozean, und am dritten Tag hob mit leichtem Regen ein Unwetter an, das uns das Fürchten lehren sollte.

Als die ersten Regentropfen fielen, räumten wir unsere Handarbeiten und das Kaffeebesteck weg, um unter Deck im Mannschaftsraum ein wenig zu dösen. Nach Stunden wurde der Seegang schwerer und allmählich begannen wir, uns dort unten ein wenig unwohl zu fühlen. Wie groß mochten die Wellen da draußen sein, die einen so lange hochhoben und so langsam wieder senkten? Der Bordlautsprecher ertönte, und die Stimme des Kapitäns fragte leicht beunruhigt, ob nicht ein paar Männer an Deck kommen könnten, um zu helfen.

Sofort ging die Diskussion los:

Wieso denn ich? – Du hast schon lange nichts mehr gemacht. – Ich hab aber heute Morgen schon abgewaschen. – Ich hab aber eine Sehnenscheidenentzündung. – Du drückst dich immer! – Nee du machst das!

Es kam zu einer mittelschweren Kabbelei, am Ende lagen viele heulend und mit Kratzspuren im Gesicht herum, keiner schickte sich an, an Deck zu gehen.

Oben kämpfte der Kapitän hörbar mit der See, er, der erste Offizier und ein einsamer Matrose. Einige wenige Maschinisten mühten sich im Maschinenraum ab, aber es stand fest, dass sie irgendwann eine Ablösung brauchen würden. Überall dort, wo die Bordwand durchgerostet war, trat in kleinen Mengen das Meer ein. Die Kronen der Wellen, die auf Deck aufschlugen, liefen durch die Deckklappen, die wir offen gelassen hatten, ebenfalls in die Unterdecks, und so begann sich das ächzende Schiff nach und nach mit Wasser zu füllen. Der schwarze Himmel brüllte mit einem Mordsgewitter auf den kleinen Kahn ein und öffnete alle seine Schleusen. Es war, als seien wir bereits untergetaucht. Die Hilferufe des Kapitäns wurden immer eindringlicher und bekamen einen leicht hysterischen Unterton. Doch immer noch konnte sich keiner von uns entscheiden, als Erster einzuspringen. Ich kann mich noch gut daran erinnern, dass auf einmal Wasser unter der Tür des Mannschaftsraums durchschwappte, ungehindert, obwohl die Schwelle bestimmt zwanzig Zentimeter hoch war. Irgendwann öffnete einer von uns die Tür und sah, dass der Gang nahezu geflutet war. Da bekamen wir alle Panik und kreischten los. Es gab ein unheimliches Durcheinander, als alle gleichzeitig versuchten, an Deck zu kommen.

Alles, was dann geschah, ist in meiner Erinnerung nur noch bruchstückhaft aufzufinden. Es gab zwei Gummirettungsinseln an Bord, und in einer von diesen erwachte ich Tage später. Außer mir hatten es noch zwei andere geschafft, unter ihnen der erste Offizier. Wir trieben irgendwo im Indischen Ozean, ohne die Spur einer Ahnung, was aus den anderen geworden war oder wo wir uns befanden. Es gab natürlich kein Funkgerät, nur ein kleiner Kompass zeigte uns an, in welche Richtung wir uns bewegten. Anfangs versuchten wir, uns durch das Vorklatschen von Discogrooves mit den Händen auf dem Oberschenkel bei Laune zu halten, aber nach zwei bis drei Tagen verging uns auch das. Unsere Gespräche waren einsilbig, jede Zutraulichkeit und Zuneigung war verflogen, der Traum von einem neuen Zusammensein war zerplatzt wie eine Seifenblase im Sturm. Jetzt waren wir wieder die Männer, die wir einmal gewesen waren, rau und gefährlich. Manchmal knurrten oder rempelten wir uns an, einzig die Angst vor dem Untergang hielt unsere brodelnde Kampflust in Schach.

Ab und zu gelang es uns, einen Fisch zu fangen, ein bisschen Wasser und ein paar Konserven waren auch zur Hand. Am zehnten Tag aber gingen unsere Vorräte endgültig zur Neige, die Dosen waren leer gegessen, und es gab nur noch zwei Tropfen Wasser. Wir fingen an, uns gegenseitig argwöhnisch zu beschielen: Wer würde als Erster schwach werden, wer würde aufgeben, wen könnte man essen, ohne zum Mörder zu werden? Doch dann hatten wir Glück im Unglück. Am vierzehnten Tag, dem zweiten ohne Süßwasser, entdeckten wir einen Silberstreifen am Horizont. Nach den Berechnungen des ersten Offiziers musste das eine der Lakkadiven-Inseln sein, an denen die Strömung des Ozeans hier entlangzog. Wir ruderten wie wild mit den Händen und allen uns verbliebenen Kräften, und es gelang uns tatsächlich, nach Stunden die Küste zu erreichen.

DIE INSEL

Durch die Lakkadiven hat sich die wild wuchernde Natur sozusagen selbst ein Denkmal gesetzt. Wir liefen auf einen breiten weißen Sandstrand auf, der sich sanft aus dem grünen Meerwasser erhob. Nach ein paar Metern heißen Sandes begann vollkommen abrupt der Dschungel in Form von hohen Bäumen und Farnen, Lianen und unendlich vielen Pflanzen, die wir nicht kannten. Davor lagen noch ein paar Kokosnüsse unter schwer bepackten Palmen, die hier aufgrund ihrer geringen Größe ein Randdasein fristen mussten. Aus dem Wald drangen die verschiedensten Laute zu uns hinaus, einige klangen ganz vertraut wie bei Dr. Grzimek, andere wiederum hörten sich ekelhaft und fiese an, die hatte man fürs Fernsehen wohl einfach rausgeschnitten. Da war zum Beispiel ein lang gezogenes

«Hüäääääääääärch!», das von einer säuisch hohen Stimme aggressiv heraus gegurgelt wurde. Oder ein dunkles, fettes, schwammiges Geräusch, das etwa wie «Maubenbabab» klang und aus einer modrigen Eierkehle zu kommen schien. Am ohrenbetäubendsten aber klang ein Rudel von scheinbar kleineren Tieren, die mit einem dummdreisten, sehr lauten Ton hektisch um die Wette schrien, ungefähr so: «Fipi Miphe Fimippe Pifpimipfi!!!»

Ich wendete mich angeekelt ab und dachte: «Na Prost Mahlzeit, das kann ja heiter werden!» Meinen beiden Begleitern ging es wohl ähnlich, auch sie setzten eine genervte Miene auf. Wir konnten uns schließlich mit wenigen Worten darauf verständigen, die Kokosnüsse zu öffnen, um den ersten Durst und Hunger zu stillen. Man stellt sich kaum vor, wie schwer es ist, so ein Ding ohne Dosenöffner aufzukriegen. Da es am Strand keine Steine gab, bastelten wir stundenlang daran herum, bis wir endlich zum Ziel kamen, und natürlich brach sofort ein harter Männerstreit um den ersten Schluck und Bissen aus. In diesem schicksalhaften Moment begriffen wir, dass wir nicht zusammenleben konnten. Sind die Menschen überhaupt dafür gemacht? In der Bibel heißt es im ersten Buch Mose, Kapitel 11, dass Gott die Menschen beim Turmbau zu Babel für ihre Zwistigkeiten mit verschiedenen Sprachen bestrafte, auf dass sie nicht mehr miteinander streiten konnten, und so mussten sie auseinander ziehen, jede Sprachgruppe in ihr eigenes Gebiet. So wollten wir es auch halten, und zuallererst wurden die Sprachen zugeteilt. Der bescheuerte Offizier bestand auf seinem Recht, als Ranghöchster zuerst wählen zu dürfen, und er entschied sich natürlich für Flämisch. Der andere Typ, der – so glaube ich – Ole Lütjens hieß, wählte sich Hochdeutsch, da er sonst keine Fremdsprachen beherrsche. Um mich von den beiden intellektuell abzusetzen und ihnen das auch deutlich zu machen, wählte ich Bayrisch und als Ausweichmöglichkeit Sanskrit. Natürlich waren sie total beeindruckt und erkannten, dass die Kräfteverhältnisse in unserem neuen Lebensraum zu ihren Ungunsten verteilt waren. Danach zogen wir am Strand zwei Streifen. Ich bekam das Land westlich, dem Streifen nach in gedachter Linie quer einmal über die Insel. Der Hochdeutsche wählte die Mitte zwischen den beiden Streifen, und der Offizier bekam den Osten. Somit gab es drei Territorien und drei Völker à eine Person auf unserem neu entdeckten Kontinent.

Jeder von uns führte ein eigenbrötlerisches Dasein, das nur ab und zu von kriegerischen Überfällen auf den Nächsten unterbrochen wurde. Besonders darunter zu leiden hatte natürlich der Trottel in der Mitte, denn entweder wurde durch sein Gebiet marschiert oder er selber zur Zielscheibe. Meistens wurde er sogar von beiden Seiten angegriffen, er war so was wie unser Watschenmann. Innerhalb kurzer Zeit hatten wir uns alle Unterstände aus Palmenwedeln und Zweigen am Strand gebaut und hockten nun unzufrieden davor. Keiner von uns traute sich in den Dschungel. Wir ernährten uns also die meiste Zeit von Kokosnüssen und saßen den Rest des Tages herum, um die anderen aus den Augenwinkeln zu beobachten. Ein wesentlicher Grund für Überfälle auf die Mitte war, dass dort die meisten Palmen standen, und so wurde der Hochdeutsche regelmäßig k. o. geschlagen und ausgeraubt. Noch schlimmer wurde die Situation für ihn, als wir entdeckten, dass es auf seinem Gelände Nüsse gab.

Bei jedem Unwetter wurden die Streifen im Sand verwaschen, und noch vor Tagesanbruch machten der Offizier und ich uns auf, um sie neu zu ziehen, natürlich immer zum Nachteil des Pufferstaates. Jedes Mal klauten wir ihm einige Meter, und sein Streifen wurde immer schmäler, was er verständnislos registrierte. Dadurch kam ich in den Besitz eines wunderbaren großen Nussbaumhaines. Ich freute mich wie ein Kind und ernährte mich nun zu gleichen Teilen von Kokosnüssen, Paranüssen und Insekten. Mit den leeren Nussschalen erfüllte ich mir einen alten Traum und baute mir so pö à pö ein Nüsschenhaus zusammen. Es wurde ein süßes kleines Gebilde, in seiner Architektur etwas unbeholfen, aber frei und zwanglos in Form und Funktion. Hier brachte ich zusammen, was in meinen Augen schon lange zusammengehört hatte, nämlich die strenge, klare und funktionalistische Bauweise des Bauhauses, die auf meine professorale Herkunft schließen lassen sollte, und die naturverbundene, ausdrucksstarke Verspieltheit der bayrischen Almhäuser, die meine Zuwendung zur Einfachheit im Leben symbolisierte. Was im ersten Augenblick kontrovers klingt, ging dort am Strand zusammen wie ein altes Geschwisterpaar, das viele Jahre getrennt war und nun doch noch in Liebe vereint wurde. Über die Zeit unserer Anwesenheit wuchs mein Nüsschenhaus, und stolz konnte ich mich den ersten Hausbewohner nennen, denn die anderen hockten immer noch in ihren Geästhaufen. Ich muss gestehen, dass ich die Nase für eine gewisse Zeit ziemlich hoch trug, ich benahm mich den anderen gegenüber gewissermaßen wie ein Grandseigneur, eben ein Grundeigentümer und Bauherr. Aber ich begriff, dass diese Haltung sich auf Dauer als verhängnisvoll erweisen würde, denn schon im nächsten Kriegsfall hätte die fragile Bauweise meines Domizils zu einem Desaster geführt. Also begann ich, diplomatische Beziehungen zu den anderen aufzubauen, machte ihnen kleine Geschenke und sprach ab und zu eine förmliche Einladung aus, die auf steife Art und Weise angenommen und bewältigt wurde. Wir mochten uns alle nicht, aber die beiden anderen akzeptierten meine Bemühungen, und so schlossen wir quasi einen unausgesprochenen Nichtangriffspakt. Natürlich nutzte ich diesen Vorsprung aus, um den Keil zwischen meine beiden Widersacher noch tiefer zu treiben, und an der Ostfront herrschte sozusagen ein ununterbrochener Kriegszustand. Der drückte sich nicht nur durch Nüsschenklauen und Kokosnüsse-auf-den-Kopf-Werfen aus, sondern brandete oft in gewaltigen Knüppelschlachten aus, die sich über den gesamten Strand bis hin zu meiner Grenze erstreckten, wo ich die beiden Herren freundlich darum bat, meine Territorialrechte nicht zu verletzen. Das wurde stets mit einem kurzen, steifen Diener quittiert, dann setzte sich das Geprügele umso brutaler gen Osten fort. Ich brauchte eigentlich nur zu warten, bis sie sich selbst eliminieren würden, denn sie waren zu blöd, um mein heimtückisches Spiel zu durchschauen.

Ein anderes Problem waren die Stürme, die ab und zu über die Insel fegten und die mein Haus zu zerstören drohten. Vorsorglich begann ich also, die Fugen zwischen den Nüsschenschalen mit Baumharz auszuschmieren. Wenn das Harz in der Sonne getrocknet war, ergab es einen festen und wasserundurchlässigen Kitt. Manchmal saß ich nach einem durchgearbeiteten Tag abends auf meiner Veranda und genoss das Leben bei einer Schale vergorener Kokosnussmilch, während ich mir den neuesten Ritterschlachtenfilm quasi in natura anschauen konnte. Der einzige zivilisatorische Fortschritt, zu dem es die beiden anderen gebracht hatten, war das Anfertigen von Kokosnussschalenrüstungen, dazu trugen sie Schildkrötenpanzer und fochten mit beschlagenen Steinäxten. Pöbel.

Ich hingegen versuchte, meine Lebensart noch weiter zu verfeinern und begann, auf selbst verfertigtem Baumschalen-Papyrus Geschichten zu schreiben.

Eine davon habe ich retten können, und ich freue mich, sie Ihnen präsentieren zu dürfen. Sie spielt in der Zukunft:

Der große Touch

Die Taurus war durch den Aufprall ins Trudeln geraten und schlingerte einen Moment lang führungslos durch den Raum. Die gesamte Cockpitbesatzung lag wie erstarrt auf dem Fußboden, alle erwarteten die Katastrophe, aber sie trat nicht ein. Vor einer halben Stunde war die Besatzung aus dem Reiseschlafmodus geweckt worden mit einer Warnmeldung, die niemand hatte deuten können: «Zusammenstoß mit nicht identifizierbarem Objekt steht kurz bevor», sagte der Bordrechner.

Was war das gewesen? Ein Meteorit? Ein feindlicher Angriff? Auf den Schirmen war nichts zu sehen, selbst der Molekularfilter zeigte außerhalb des Schiffes nichts als absolute Leere an.

Captain Jaki Bappahandrana war der Erste, der aufstand, um die Initiative zu ergreifen: «Gesamte Crew auf die Beine, los, los, los, an eure Plätze, ich will in zwei Minuten wissen, was das eben war, Ellen, alle Systeme durchchecken, gibt's irgendwo ein Leck, haben wir Ausfälle, Johnny Moreno soll zu den Tierkäfigen gehen und nachschauen, ob die Viecher in Ordnung sind …!»

Der Captain machte richtig Druck, und das ließ den Schock und die Angst, die in der Luft lagen, sofort in den Hintergrund treten. Er war ein sehr guter Captain, aber auch ein guter Psychologe, der sein Schiff wie seine Mannschaft absolut im Griff hatte. Mit seinen fünfundvierzig Jahren war der athletische große Mann indischer Herkunft auf dem Zenit seiner Leistungskraft angelangt, und das wusste die Liga, er war der Einzige, den man mit diesem Auftrag hatte losschicken können. Außerdem war er der einzige echte Homozyt an Bord, alle anderen Besatzungsmitglieder waren Homophargen oder Halbhomophargen. Als Homozyt waren seine Einsatzmöglichkeiten und seine Leistungskapazität mehr als doppelt so ergiebig wie die der anderen. Auch das Verletzungsrisiko ist bei Homozyten bedeutend geringer, denn jedes organische Körperteil ist bekanntlich bei Beschädigung problemlos ersetzbar.

Der Captain schaute auf seine Implantatuhr, die zwei Minuten waren um: «Irgendwelche Ergebnisse – Scott, Ellen, Johnny, Beverly?» Alle blickten ihn ein wenig ratlos an, schließlich sagte Scott Baxter: «Ehrlich gesagt, wir haben keine Erklärung für das, was eben passiert ist, entweder haben wir es hier mit dem Angriff eines Schiffes mit neuartiger Tarnkappe zu tun oder der Fehler liegt irgendwo bei uns an Bord.»

Beverly Springfield, die Funkerin, stand just in diesem Moment vor dem Molekularfilter und räusperte sich etwas verlegen. «Bev, irgendwelche Vermutungen?», fragte der Captain mit ruhiger Stimme. Er ließ sich durch nichts anmerken, dass er seit längerem eine erotische Beziehung zu der schönen Kommunikationstechnikerin pflegte. «Ja, der Molekularfilter zeigt hier im Nanobereich auf der dritten Dezimalstelle einen minimalen Wert.» Captain Jack horchte auf. Spuren, vielleicht gab es doch Spuren.

Er überzeugte sich selber am Lithiumschirm. Eben traf ein neues Messungsergebnis ein, das die Werte ihrer aktuellen Position anzeigte, denn sie bewegten sich mit immerhin 350 Stundenkilometern durch das All, quasi rückwärts – infolge des Aufpralls. Doch die Werte blieben praktisch unverändert. Die Crew schaute sich verblüfft an, der einzige Rückschluss, den man daraus ziehen konnte, war, dass hier draußen immer wieder winzige Partikel aus unbekanntem Material auftraten, selbst in großen Abständen. «Ellen, lass bitte sofort eine Stoffanalyse dieses Moleküls machen», sagte der Captain zu Ellen Sussex, der ersten Wissenschaftlerin an Bord. Ellen, die eigentlich aus der Modebranche kam, hatte erst vor ein paar Jahren eher zum Spaß mal einen Antrag auf Raumbegleitung gestellt und war zu ihrem Erstaunen angenommen worden. Seitdem hatte sie diverse Auftragsreisen der Liga begleitet und war zu einer anerkannten Technikerin geworden. Irgendwann hatte sie auch ihren Mann Johnny Moreno zum Mitreisen überredet, und inzwischen war er ein begeisterter Spaceboy. Er kümmerte sich um Lebendtransporte zwischen den Systemen, exportierte irdische Spezien und führte außerirdische ein. In diesem Fall transportierten sie gerade eine Ladung von vierzig Straußen nach Beteigeuze, sie sollten dort als Lastvögel eingesetzt werden, denn sie waren billig, einfach in der Haltung, kräftig und vermehrten sich gut. Dafür wollte Johnny dann eine Ladung mit sechzig Kisten Müllkäfern auf die Erde transportieren, die sich hervorragend zur Abfallbeseitigung eigneten, sie fraßen einfach alles. Ganze Parkgegenden wurden mittlerweile von ihnen sauber gehalten.

«Ich würde vorschlagen, die Maschinen wieder einzuschalten und langsam voranzufliegen, bis zur Aufprallstelle», sagte der Captain und die Crew setzte sich wieder an ihre Pulte. «Okay, Motoren an, Düsen starten und dann im Kriechflug voran.» Der Captain setzte sich ans Steuerrad und manövrierte vorsichtig. «Ach, Steve, stell mir doch bitte die Außenspiegel neu ein, sie sind durch den Aufprall etwas verrutscht», sagte er zu Steve Buck, seinem ersten Maat.

Mit ca. vierzig Stundenkilometern näherten sie sich erneut dem Ort des Geschehens, und exakt an der gleichen Stelle stoppte die Taurus ziemlich unsanft ab, als wäre sie gegen eine unsichtbare Mauer gefahren. Von denen, die standen, fielen alle hin und schrien aua. Einige wurden ohnmächtig, andere wiederum hatten sich glücklicherweise angeschnallt und überlebten lächelnd.

Captain Jack rastete fast aus: «Was ist das, das kann doch nicht wahr sein, da draußen ist nichts zu sehen, was zeigen die verdammten Instrumente an?» Es waren wieder dieselben ernüchternden Ergebnisse. Der Captain hatte sich so aufgeregt, dass die Irissensoren in seinem Sichtfeld Alarm anzeigten, und er schraubte sich eilig die Nase ab, um an das Rädchen zu kommen, mit dem man den Drüsenprozessor korrigierte. Da ihm ein Spiegel fehlte, brauchte er Fremdhilfe. «Bev, würdest du bitte den Drüsenprozessor um zwei Stufen runterstellen, mir wird sehr heiß hier drinnen.» Beverly kannte dieses Spielchen schon von ihren geheimen Treffen, denn der Captain neigte auch bei körperlicher Anstrengung zum Überheizen. Sie drehte das Rädchen herunter und setzte ihm dann zärtlich die Nase wieder auf: «Jack, Sie dürfen sich nicht so erregen.» Er ignorierte ihren wohlmeinenden Rat.

«Ich will wissen, mit was wir es hier zu tun haben; falls das so etwas wie eine unsichtbare Mauer sein sollte, dann werden wir es ganz schnell feststellen. Das Schiff zurücksetzen und zwei Raummeilen weiter erneut auf unseren Kurs!» Gesagt, getan: Zwei Raummeilen weiter prallte die Taurus wieder gegen das Nichts. «Wir haben wieder Minimalmeldungen aus dem Filter, Captain», meinte Steve Buck. Er schaute in Jacks verärgertes Gesicht, konnte es aber aufgrund seiner langen Lockenfrisur, die ihm ständig in die Augen hing, nicht richtig erkennen.

«Lassen Sie sich endlich die Haare schneiden, Sie Idiot, wir haben mittlerweile 1983!», schrie der Captain ihn an.

«Niemals, sie sind Ausdruck meiner Identität!», jammerte Steve, dann fing er an zu weinen. Die Frauen aus der Crew kümmerten sich rührend um ihn, weil sie ihn so süß fanden.

«Wir scheinen es hier mit etwas verdammt Großem zu tun zu haben», fachsimpelte Scott Baxter, «vielleicht etwas sehr Feinstoffliches, das eine gigantische Ausdehnung hat, das würde zumindest die minimalen Stoffmengen erklären, die hier herumschwirren.»

Der Captain blickte ihn nachdenklich an. «Für einen ehemaligen Rockmusiker gar nicht so schlecht», murmelte er in sich hinein. «Aber wie sollen wir das beweisen?»

«Wir müssten einfach rückwärts fahren, so lange, bis man das gesamte Gebilde erkennen kann», meinte Scott.

«Aber bei der Stoffdichte fahren wir zwei Jahre rückwärts, bis überhaupt irgendetwas zu sehen ist», erwiderte Ellen Sussex folgerichtig.

«Mir scheint, wir haben gar keine Alternative, denn wir

kommen hier nicht weiter, wir können weder Beteigeuze noch Schott 7004 erreichen, es sei denn, wir machen einen Umweg», sagte der Captain, und alle anderen nickten schleimerisch. Das blieb ihm natürlich nicht verborgen und er fragte: «Ihr wollt euch wohl bei mir einschleimen, oder was?»

Die anderen stritten alles ab und taten so, als wenn sie kein Interesse an ihm hätten, schauten demonstrativ aus dem Fenster oder auf was eben gerade ging. Das überzeugte Captain Jack, machte ihn aber auch traurig. Es kam ihm so vor, als würde sich niemand mehr für ihn interessieren. Er begriff, dass er ein Staubkorn unter dem Schrank der Ewigkeit war. Er schrie auf und weinte heftig los. Seine Leute sahen ihn fassungslos an, doch sie begriffen schnell, was ihn bewegte, und merkten, dass sie dieses Mal zu weit gegangen waren. Um ihn wieder aufzurichten, sagten ihm alle, wie wichtig er wäre, dass er der Allergrößte sei usw. Von allen Seiten klopfte man ihm aufmunternd auf die Schulter und schenkte ihm Kleingeld oder was man gerade zur Hand hatte. In einem Akt der Selbstaufopferung zog Johnny Moreno seine Pepperbillysammlung aus der Hose und schenkte sie dem Captain. Er hatte sie vor Jahren vom Sirius mitgebracht und die kleinen, frechen Kerlchen waren ihm zu einer Art Hosentaschenhaustierherde geworden, die ihn jederzeit erfreuten.

Der Captain war zu Tränen gerührt. Behutsam öffnete er die kleine Dose und ein Ausdruck der Verzückung wanderte über sein Gesicht. Ca. zwanzig winzig kleine Wesen, die aussahen wie Kühe mit Hühnerschnäbeln, hüpften piepend in der Dose herum. Der Captain steckte die Dose ein, umarmte Johnny mit feuchten Augen und küsste ihn auf die Stirn. Die anderen standen drum herum und waren sichtlich beschämt. Eine starke Aggression gegen Johnny Moreno machte sich breit.

«Johnny Moreno, du bist ein widerliches Schleimpaket!», sagte Beverly Springfield ganz unverhohlen.

Johnny zog seine Drei-Phasen-Lösung und zielte damit auf Beverly: «Sag das nochmal, du dämliche Planschkuh!»

Jetzt wurde es dem Captain zu viel und er schrie: «Schluss damit, the honeymoon is over, jeder geht wieder an seine Arbeit, dreht das Schiff, wir gehen auf Heimkurs mit Automatikstopp in zwei Lichtjahren, heute Abend geht's in die Kühlschränke!»

Inzwischen waren alle ziemlich genervt von Captain Jack. In ihren Augen war er ein arrogantes, autoritäres Arschloch und seine Zeit wäre eigentlich reif gewesen. Trotzdem richteten sich alle nach seinen Anweisungen und die Taurus wurde für die Rückfahrt hergerichtet.

Nach einer Drehung und der Wartung des Maschinenraumes und des Motors setzte sich der Captain in seinen Fahrerstuhl und gab an alle den Befehl: «Okay, alles okay, Propellerdüsen an! Und an alle im Maschinenraum, aller Strom an!» Dann gab er Gas und das Raumschiff flog mit steigender Geschwindigkeit los.

Am Abend trafen sich alle im Essraum, es sollte vor dem großen Schlaf noch ein kleines Abschiedsessen geben, und zwar Nudeln. Da bekam Steve Buck auf einmal höllische Bauchschmerzen und legte sich rücklings auf den Tisch. Alle schrien auf, weil sie die ekelhafte Szene aus einem alten Film kannten, aber dann stellte sich heraus, dass es viel harmloser war. Steve hatte nur eine Oberbauchentzündung und bekam schnell eine Spritze verpasst.

Es war natürlich eine große Erleichterung für die ganze Mannschaft, dass kein Monster aus Steve geschlüpft war, und darauf wurde dann richtig einer getrunken, bestes romulanisches Ale. Die Party ging bis spät nach Mitternacht, man legte Oldiemusik auf und es wurde richtig geschwoft zu Countrysongs von Satchmo und Dave Dudley.

Irgendwann gegen fünf Uhr morgens ging die Party immer noch weiter. Die ganze Taurus war total eingesaut, man hatte überall Luftschlangen und Ballons aufgehängt, und bergeweise Konfetti lag herum. Die Sofas waren beschmiert mit Schaum von der großen Negerkussschlacht, auch Chips und Würmer klebten daran. Jedes Register war gezogen worden, von Flaschendrehen bis Luftballontanz, und alle waren bis zum Rand zugezogen mit Ale. Erschöpft oder besser gesagt total besoffen, ließen sich die Crewmitglieder in ihre Kühlboxen gleiten, denn jetzt hieß es, einen kleinen Schönheitsschlaf von ca. zwei Jahren zu nehmen.

Captain Jack wachte durch einen entsetzlich pochenden Schmerz in seinen Schläfen auf. Der Geschmack von abgestandenem Alkohol und altem Nikotin lag auf seiner Zunge wie eine Decke auf einem Ehepaar. Ihm war schlecht. Mit der rechten Hand tastete er zum Lichtschalter und erleuchtete seine Kühlbox. Neben ihm auf der Matratze lag Beverly Springfield mit aschfahlem Gesicht. Sie roch unangenehm nach Ausdünstungen. Ein Gefühl der Scham kroch ihm in die Lenden. Der Blick auf die Uhr: 13. 2. 1985 – der nächste Morgen nach zwei Jahren also.

Der Captain sackte zurück, er fühlte sich zu schwach, um aufzustehen. Nach ein paar Stunden schaffte er es irgendwie, sich aus der Box zu schälen. Ein paar stöhnende Gestalten huschten durch die Gegend, es schien allen an Bord ähnlich zu gehen. Verdammtes romulanisches Ale, nie wieder!, schwor er sich. Er machte in seiner Kühlbox das Licht aus, sodass niemand Beverly sehen konnte, dann lief er ziellos durch das Schiff, nur um den Moment ihres Aufwachens zu vermeiden, er wollte einfach nicht mit ihr reden. Schließlich sammelte er sich und wankte in die Kommandozentrale. Von dort aus erteilte er über Bordlautsprecher den Befehl an alle, in einer halben Stunde in der Bordmensa zu erscheinen.

    Nach einer halben Stunde waren tatsächlich alle versammelt und der Captain trat an den Tisch, um den seine Leute saßen: «Wir haben jetzt den großen Sprung nach hinten getan, und nun geht es darum, herauszufinden, was uns gestoppt hat. Egal, in was für einer Befindlichkeit ihr seid, ich möchte, dass jeder von euch an seinen Arbeitsplatz geht und Höchstleistung erbringt, wir werden alle technischen Mittel, die wir an Bord haben, ausnutzen! Ich will unser Reiseziel erreichen und dazu ist mir jeder Weg recht.»

Ellen Sussex räusperte sich, sie schien verwirrt zu sein.

«Was ist mit dir, Ellen?», fragte Captain Jack. Sie stand neben dem Mensabullauge und starrte mit offenem Mund hinaus. Der Captain ging langsam zu ihr rüber, ohne sie eine Sekunde aus den Augen zu lassen, dann folgte er ihrem Blick und erstarrte. Der Rest der Crew drängte nun neugierig heran und jeder, der aus dem Fenster blickte, verstummte sofort. Draußen war eine gewaltige, galaxiengroße Gestalt zu erkennen, mit fließenden, weißen Gewändern bekleidet und mit einem langen weißen Bart. Gütig und weise blickte sie auf das Schiff. Da, endlich, fiel bei allen der Groschen: Sie waren gegen Gott gestoßen.

Gott beugte sich nach vorne, schob Daumen und Zeigefinger in Richtung der Taurus und zerquetschte die Laus, die ihn da gepiesackt hatte.

Ich war schon immer ein großer Sciencefictionfan und H. G. Wells nannte ich meinen Spiritus Rector. Also, falls ein Verleger diese Kurzgeschichte hier lesen sollte, würde ich mir wünschen, dass er sich an mich wendet, und ich verspreche: Ich habe noch mehr davon, ich könnte Massen davon schreiben, ich habe eine Phantasie wie ein Füllhorn, ich könnte ein ganzes Buch schreiben, wenn mir nur jemand zusichern würde, dass er es herausbringt. Am besten sogar bei einem großen renommierten Verlag, so was wie Suhrkamp oder so.

Na ja, zurück zur eigentlichen Geschichte.

Während meine beiden Mitbewohner also in einem nicht enden wollenden Kleinkrieg verflochten waren, hatte ich wirklich Zeit und Muße, andere Dinge zu tun, nicht nur zu schreiben, sondern auch Untersuchungen anzustellen. Ich begann, langsam und vorsichtig in den für mich feindlichen Lebensraum Wald einzudringen, was mich allerdings allerhöchste Selbstüberwindung kostete.

Ich hatte ja anfangs schon von den ekelhaften akustischen Ersteindrücken berichtet und erwartete jetzt, die visuellen Ergänzungen zu den erahnten Scheußlichkeiten vorzufinden. Um meine Nervosität ein wenig zu dämpfen, schnappte ich mir kleinere Insekten, die mir über den Weg liefen, und aß sie hektisch auf. Das Gestrüpp auf dem Boden war relativ dicht, es gab Farne und Gebüsche, die oft bis auf 1,50 Meter die Sicht verdeckten, darüber war so was wie ein lichter Freiraum, der nur von Baumstämmen durchdrungen wurde, die dieses Universum in einer Höhe von ca. zehn Metern durch ihre Kronen abschlossen.

Um nicht aufzufallen, bewegte ich mich sehr langsam und leise auf allen vieren voran und ahmte zur Tarnung Muschikatzengeräusche nach. Die ersten Tiere, die ich sah, waren Vögel. Vögel verschiedenster Gattungen, die hier scheinbar ohne weitere Probleme zusammenlebten. Erstaunlich. Sie flatterten durch die Lüfte und saßen auf Ästen herum. Wenn sie flogen, hielten sie sich geschickt in der Luft, ohne herunterzufallen. Ich war ziemlich baff. Trotz ihrer äußerlichen Exotik und farbenprächtigen Schönheit konnte man ihnen aber doch sofort anmerken, dass sie eben auch nichts anderes waren als Vögel, also im Inneren hohl. Das dämpfte meine anfängliche Begeisterung wieder ein wenig. Es gibt einen sehr einfachen Intelligenztest für Tiere, den Sie als Konsument auch gerne mal selber anwenden dürfen. Man stellt sich in Sichtweite des zu testenden Tieres auf und malt, da Tiere ja der menschlichen Sprache nicht Herr sind, mit den Händen einfache Symbole in die Luft, ähnlich der Taubstummensprache, aber noch einfacher und bildhafter.

«Willst du etwas trinken?», könnte also durch das Formen einer Flasche und das Zeigen auf den Schnabel des betreffenden Vogels gefragt werden. Ich probierte die wirklich allereinfachsten Zeichen, die mir einfielen, bekam aber keinerlei Reaktionen. Diese Vögel waren eindeutig stockdumm. Mein Interesse versiegte blitzartig.

Ich krabbelte weiter und machte nach ein paar Metern eine erstaunliche Beobachtung. Dort hüpften, sprangen und kletterten kleine haarige Männer die Bäume rauf und runter, sie hatten sehr lange Arme und eine eher einfältige, ein bisschen babyhafte Mimik. Sie schrien und kreischten so laut, dass ich total sauer wurde und am liebsten hingegangen wäre, um ihnen eine zu schallern. Als sie mich entdeckten und ich mit meinem Zeichentest begann, blieben sie wie angewurzelt stehen und beobachteten mich. Erst reagierten sie gar nicht, dann rasten sie wie verrückt die Bäume rauf und runter und brüllten noch lauter. War das jetzt eine Sprache? Waren das jetzt Antworten auf meine Zeichen? Verstand ich da jetzt etwas nicht? Ich war mir nicht sicher. Sie schienen auf jeden Fall so eine Art primitives Urvolk zu sein, vielleicht eine Art Frühmensch, so wie wir Menschen selber vor ca. zwei Milliarden Jahren gewesen waren. Ehrlich gesagt waren mir diese Typen eine Spur zu einfach, ich hatte ja schon Probleme, mit meinen beiden Primaten am Strand zurechtzukommen, und die konnten wenigstens reden. Ich ließ die kreischenden Idioten zu meiner Rechten zurück und entdeckte durch das Laub etwas hell Blinkendes. Vorsichtig krabbelte ich darauf zu und durchbrach mit den Händen den blättrigen Vorhang.

Was ich da zu sehen bekam, trieb mich an den Rand der Verblüffung. Vor mir lag ein breiter Wasserarm, der das Stück Land, auf dem ich stand, von einem weiteren trennte, das dahinter lag. Rechts konnte ich das offene Meer sehen, links aber waren die Landstücke verbunden, wir mussten uns also auf einer Art Halbinsel befinden. Der Wasserarm war ca. zweihundert Meter breit und auf der anderen Seite war ein lang gezogener Sandstrand, auf dem sich Hunderte von Touristen tummelten, die wohl in das mächtige Luxushotel gehörten, das den Hintergrund bestimmte. Ein selbst auf diese Entfernung recht gut zu vernehmender Krach ging von zahllosen Ghettoblastern, Motorbooten und der allgemeinen Urlaubsstimmung, die dort drüben herrschte, aus. Ich war fassungslos. Erst wusste ich nicht, wie ich mich am besten verhalten sollte, aber dann zog ich meine zerrissenen Klamotten aus und sprang ins Wasser, um hinüberzuschwimmen. Das Wasser hatte eine herrliche Temperatur und war kristallklar, und ich wunderte mich, dass ich während unseres Zwangsaufenthaltes niemals baden gegangen war.

In kräftigen Zügen durchteilte mein gut trainierter Body die Fluten, und ich war in Hochstimmung, weil ich gleich wahrscheinlich ein paar ganz geile Leute kennen lernen würde. Als ich am Strand ankam, trumpfte ich nicht groß auf, sondern ging einfach wie selbstverständlich aus dem Wasser und direkt zur Bar. Hier liefen viele Nudisten herum, und so fiel ich weder durch meine Nacktheit noch durch meinen Vollbart und das lange Haar auf. Ich fragte den Barmann, ob ich die Drinks auf Zimmerrechnung nehmen könnte, und nachdem er bejaht hatte, bestellte ich mir erst mal einen doppelten Batida de Coco; ich glaube, die Ingredienzien der Kokosnuss waren zu diesem Zeitpunkt durch die lange Lebensraumassimilation so existenziell für mich geworden wie der Eukalyptus für den Koala. Ein paar echt interessante Frauen standen ebenfalls am Tresen herum, und ich gab erst mal eine Runde aus. So bekam ich den Kontakt zur Zivilisation nach Monaten zurück.

Gegen Abend ließ ich den Kellner die Rechnung auf irgendeine Zimmernummer schreiben. Ich war ziemlich blau und hatte gleich zwei tolle neue Freundinnen gewonnen, die ich am liebsten mit zu mir nach Hause genommen hätte. Die eine hieß Usche, war groß und blond, kam aus Bremerhaven und war Animateurin in dem Hotel. Die andere hatte tatsächlich den ungeheuer lustigen Namen Barbara Streusand und kam aus Rostock, sie war Reisegruppenleiterin und von angenehm-ausgeglichenem deutschen Temperament. Nur ihre Drahtrandbrille und die Dauerwelle verwiesen auf eine kleinbürgerliche Herkunft, ansonsten hatte sie im Gespräch viel zu bieten. Ich fragte beide, ob sie Lust auf ein Abenteuer hätten, hatten sie durchaus, und so eröffnete ich ihnen die Einladung in mein ganz eigenes Inselreich. Natürlich schenkten sie mir keinen Glauben, deswegen forderte ich sie kurzerhand auf, mir zu folgen.

In der Abendsonne durchschwammen wir die trennende Bucht und betraten auf der anderen Seite den Urwald. Meine beiden Begleiterinnen zierten sich erst ängstlich, man hatte sie im Hotel ausdrücklich angewiesen, diesen Teil der Insel aufgrund der wilden Tiere nicht zu betreten. Ich führte sie an den Händen durch den Dschungel und schnell kamen wir auf der anderen Seite wieder heraus. Das Erstaunen in ihren Gesichtern war maßlos, als sie mein Nüsschenhaus sahen. Ich bat sie, unauffällig von der Seite einzutreten, um das Interesse der beiden Idioten nicht auf uns zu lenken, die augenscheinlich erschöpft und blutend am Strand lagen.

Ich erzählte den Frauen meine ganze Geschichte und sie schauten mich mit gefesselten Augen an, zu Recht, wie ich fand. Die Nacht fiel über die Küste, nur der Mond erhellte das ruhige, unendliche Meer. Als ich sicher war, dass die Kriegsparteien schliefen, setzten wir uns auf meine Veranda, um ein wenig Konversation zu treiben. Wir waren alle drei splitternackt und der warme Wind streichelte unsere sensiblen Poren wie ein zärtlicher Bote der Möglichkeiten.

Aber die Idee, Sex zu machen, kam gar nicht erst auf, denn viel zu prickelnd waren unsere ausufernden Gespräche. Wir philosophierten sehr viel über die Fragen, ob nach dem Leben etwas anderes kommen würde und was sich wohl da oben noch verbergen mochte. Wir waren alle sehr an Ufos interessiert und hatten viel darüber gelesen, und so dachten wir über die faszinierenden Möglichkeiten nach, die die Menschheit hätte, wenn man nur einmal eine fliegende Untertasse in die Hände bekommen würde. Ich sagte, dass die Menschheit wahrscheinlich von einem Sternenvolk auf der Erde abgesetzt worden sei, und die Frauen fanden diese Vorstellung wunderbar.

Dann gingen wir zur Esoterik über. Es gab einen großen Jubel, als wir feststellten, dass wir alle die gleichen Bücher liebten, Fritjof Capra – Das Neue Denken –, Sunbear Wabun beispielsweise, alles über indianische Sternzeichen, aber auch so unterhaltende Sachen wie Tolkien – Herr der Ringe. Als wir beim Herrn der Ringe angekommen waren, gerieten wir drei richtig ins Schwärmen und fingen selber an zu phantasieren, von Zwergen, Feen, Alraunen, Goolips und so weiter. Wir steigerten uns in einen gewaltigen Märchenrausch und machten die befreiende Entdeckung, dass keiner von uns in die Realität gehörte, dass wir eigentlich Fabelwesen aus einer fernen Zeit waren, die durch einen Zufall in diese Dimension gerutscht waren. In einer Art Märchenrückführung versuchten wir zu entdecken, wer oder was wir denn früher gewesen waren, und kamen zu sehr poetischen Ergebnissen. Usche war die Weidenfee Uschi gewesen, die in einem Zauberreich namens Baromir an dem silbernen Fluss Hundertwasser auf den Frühling der Libellen achten musste. Barbara sah in sich die Lichtelfe Kassandra, die in dem Riesenreich Kobbodoch dem weisen König der Riesen, der Herlian hieß, zu Bett leuchtete. In meinem Nachspüren erfuhr ich, dass ich der beliebte große

Herrscher Floßmus von Galonean gewesen sein musste, der tausend Jahre lang die Geschicke der Geisterkühe von Rupp lenkte. Die ganze Nacht erzählten wir uns nun die schönsten Geschichten aus unserem Leben, Stoff hatten wir ja mehr als genug.

Ich muss noch einmal betonen, wie stolz ich darauf bin, dass wir als Erwachsene und mündige Beherrscher unserer Sexualität nicht den Lockzeichen des Fleisches folgten und unsere Blicke von gewissen Körperstellen abwandten, die uns bei längerem Daraufverweilen mit Sicherheit total geil gemacht hätten. Der Geist, das Ideal, der Zauberdrache Phantasie waren uns wichtiger als das unartikulierte Aufzucken gedankenloser Lust.

Als es hell wurde, gingen wir alle drei ins Haus und schliefen uns aus. Natürlich erwachten wir nach ein paar Stunden durch den entsetzlichen Lärm von Holz, das auf Schildpatt barst. Ich führte meine Damen durch den Hinterausgang in den Wald und wir durchschwommen unbemerkt den Wasserstreifen, um zum Strand zu gelangen.

Das war das Ende meines Dreisiedlerdaseins, ich hatte beschlossen, mein Gestrandetenparadies hinter mir zu lassen, um einen neuen Schritt zu tun. Ich hoffte nur, dass die anderen beiden sich endgültig fertig machen würden, bevor sie bemerkten, dass ich nicht mehr da war. Nur um meines Nüsschenhauses willen.

Ich verbrachte eine wunderbare Zeit mit meinen beiden Feen, bis sie mir total langweilig wurden und ich einfach abhaute.

ASIEN

Asien ist der Hammer. Also, das kann man sich ja gar nicht vorstellen, wie das da ist.

Je weiter man in das Gebiet von Asien vorstößt, desto verrückter kommt einem die Welt vor. Erst mal sprechen die

Menschen dort alle eine Sprache, die man überhaupt nicht verstehen kann. Je mehr man in das Innere des asiatischen Territoriums dringt, desto eindeutiger werden die Anzeichen dafür, dass man in Asien ist, so gibt es zum Beispiel überall asiatisches Essen. Das Essen dort schmeckt sehr angenehm, was die Asiaten natürlich wissen und auch ausnutzen. Ähnlich ist es mit der Kleidung, sie sieht sehr eigenwillig und exotisch aus, die Asiaten machen also wirklich vor keiner Klamotte Halt und setzen die Kleidung, die sie kriegen können, ebenfalls schamlos für ihre Zwecke ein. Das war der erste Punkt, wo bei mir die Warnglocke anging, und ich dachte mir: Vorsicht Django, auf dem Sprung bleiben!

Im Allgemeinen sind die Asiaten aber total lieb, was mir an ihnen echt gut gefallen hat, bis auf die Male, bei denen sie mich wirklich mies behandelt haben. Man kann nicht einfach sagen, die Asiaten sind so und so, das ist auch so eine Erfahrung, die ich mit ihnen gemacht habe, sie sind ganz unterschiedlich, mal so, mal so.

Von den Lakkadiven aus reiste ich nach Poona in Indien, wo ich ein paar ekelhafte Monate zwischen lauter bescheuerten Hippieomas verbrachte. Immer, wenn die ihren Oschi anbeteten, musste ich an meinen Bappa denken. Wo war er wohl jetzt, und wie ging es ihm? Würde ich meine Familie jemals wieder sehen? Damals gab es ja noch keine Satellitenhandys.

Ich reiste weiter durch Indien und verbrachte einige Zeit in Kalkutta. Es ist sehr schön dort, vor allem abends, aber auch das konnte mich nicht halten. Ich musste ja immer noch an die Erfüllung meines Plans denken – Asien: China, Japan, Korea, Thailand, das Mekka der Marktlückenfabriken, hier würde ich meine Ideen in klingendes Geld verwandeln.

Durch Birma und Laos fuhr, bis nach China.

China ist ein riesiges Land, das müssen Sie sich einmal so

vorstellen: Wenn alle Chinesen zugleich in die Luft springen würden, gäbe es ein totales Getrampel und ein lautes Springgeräusch. Das habe ich mal irgendwo gelesen und das verdeutlicht, glaub ich, ganz gut, wie groß dieses Riesenreich eigentlich ist. Allerdings sind die Chinesen auch sehr klein und dünn, nähme man eine Waage und würde man auf der einen Seite die Chinesen reintun und auf der anderen Seite die Deutschen, dann würden beide Seiten ungefähr gleich viel wiegen, das haben schwedische Wissenschaftler errechnet, und die Schweden sind in so was sehr gut, also in wissenschaftlichen Rechnungen und so.

Shanghai sollte mein erstes Ziel heißen, eine große Hafenstadt am Gelben Meer. Ich hatte beschlossen, alle Orte anzufahren, von denen ich jemals den Namen auf Produkten gesehen hatte, und da konnte ich mich eben auch an Shanghai erinnern. Ich nahm mir ein Zimmer im Zentrum der Stadt und ruhte mich ein paar Tage aus. Ich lag auf dem Bett und lauschte durch das geöffnete Fenster den Klängen der Stadt, ich wollte sie sozusagen erst einmal akustisch und olfaktorisch kennen lernen, denn auch ihre Düfte stiegen in mein Zimmer. Das war eine unglaublich schöne Erfahrung. Ich behielt die ganze Zeit über meine Augen geschlossen und versuchte, mit den ungleich sensibleren Sinnen der Ohren und der Nase die Stadt zu erkunden:

Straßengeräusche, Autos fahren vorbei, dann Ruhe, eine Ampel muss umgesprungen sein. Dann Hundelaute, als wenn da einer bellen würde. Ich hörte noch genauer hin, ja, es klang tatsächlich, als wenn ein Hund laut bellen würde. «Verrückt», dachte ich und lauschte erneut.

Ein bisschen weiter von der Straße weg – ein Geschäft, etwas klingelt – eine Kasse? Ja, es muss eine Registrierkasse sein, denn nach dem Klingeln höre ich den Lärm aufeinander fallender Geldscheine. 1, 2, 3, dann ein paar kleine Münzen und gleichzeitig ein Hauch von fettem Fisch, aha, dort unten hat gerade jemand Makrele gekauft. Knister, knister – Zeitungspapier wird drumgewickelt, leichte chemische Reaktionen, die Druckerschwärze wird durch das Fett gelöst und schreibt spiegelverkehrt etwas auf die Schuppen des toten Fisches, etwas von einem Unwetter auf dem Meer, bei dem einige Fischer umgekommen sind. Tiefer im Fisch erlausche ich eine leise Schlacht, Millionen von Bakterien beginnen ihren zerstörerischen Ansturm auf den toten Leib, es hört sich an wie ein stilles Rauschen, ich schaffe es nicht, bis auf die Molekularebene herunterzukommen, um die Zersetzungsinstrumente einzeln vernehmen zu können, dafür ist der Fisch zu weit entfernt und die Umgebung zu laut. Die Frau – es kann nur eine Hausfrau sein – stopft den Fisch knisternd in ihre Einkaufstasche, das erkenne ich an weichenden Kohlblättern und einem platzenden Ei. Die Schale birst, als der Fisch mit dem Maul gegen sie gepresst wird, in dem noch legewarmen Ei erlischt ein sanfter Rhythmus. Mir treten ein paar Tränen in die Augen.

Die Frau, die ich nunmehr durch ihre Schuhe zweifelsfrei als solche identifizieren kann, verlässt den Laden, ihre Einkaufstasche ist voll, das rechte Schulterblatt knarrt unter dem Gewicht und sie gibt unmerkliche Seufzer von sich. Sie wird wahrscheinlich nach Hause gehen, denke ich und folge ihren Schritten. Ein Stück weiter hält ein Lastwagen, Türen klappen, etwas wird entrollt und verschraubt, dann entweicht der schwere und berauschende Duft von Öl – Heizöl –, ein leises Rinnen, der Schlauch hat ein Loch, eine kleine Pfütze ergießt sich auf den Gehsteig, die Frau mit der Einkaufstasche kommt näher, sie tritt in die Pfütze und rutscht aus, sie kann sich, weil sie die Tasche halten will, nicht abstützen, ihr Hinterkopf schlägt auf dem Plattenweg auf, der Schädel wird nach innen gedrückt, und holprig beginnt sich der schwere Schlag ihres Herzens zu verlangsamen, bis er nach ein paar Minuten gänzlich verhallt.

Nun fließen meine Tränen ungehindert und schlagen schmerzhaft laut neben meinen Ohren auf dem Bettlaken auf, durch diesen Krach kann ich gar nichts anderes mehr hören, und so zwinge ich mich, mit dem Weinen aufzuhören. Langsam, geschockt und vorsichtig, vor der Brutalität des Schicksals ängstlich geduckt, lasse ich meine Sinne wieder hinauskriechen, dabei halte ich mir die Finger neben die Ohren, um im Fall der Fälle die Notbremse zu ziehen. Einer Schlägerei weiche ich geschickt aus und verweile kurz bei einem Pinkelgeräusch und der spielerischen Frage, an welchen Kriterien man das Geschlecht des Pinkelnden erkennen könnte. Das Abtropf- und Abschüttelgeräusch gibt die Antwort. Dann eine laute keifende Stimme, eine klatschende Ohrfeige und das Geräusch eines Feudels. Ich muss lachen und bin wieder etwas besserer Laune.

Etwas weiter weg eine Violinenprobe, das Stimmen, Bereitstellen der Noten, dann der Einsatz, ich erkenne Partita Nr. 1, h-Moll (Bachwerkeverzeichnis 1002), diese Suite besteht aus nur vier Standardtanzsätzen, mit einer die Gigue vertretenden Bourree am Schluss. Wunderbar bis zum dritten Standardtanzsatz interpretiert, doch dann löst sich die G-Saite leider um einen Zehntelmillimeter und der Ton verliert, unbemerkt vom Interpreten, seinen magischen Flügelschlag. Für den Normalsterblichen nicht hörbar, erleide ich unter dieser Dissonanz Höllenqualen, ich winde mich im Bett, schließlich halte ich es nicht mehr aus und stopfe mir die Finger in die Ohren. Wieder muss ich weinen, ich schreie meinen Schmerz heraus, die Lautstärke meines Klagens tut mir in den Ohren weh, ich stopfe die Finger noch fester hinein, aber mein Schädel vibriert durch die Aktivität meiner Stimmbänder, ich kann nicht anders und muss vor Schmerz noch lauter schreien. Schließlich verliere ich das Bewusstsein.

Erlösung, weiche neblige Bilder umhüllten mich und ich träumte vom Paradies der Taubstummen. Ich brauchte Tage, um mich zu erholen, in dieser Zeit nahm ich Valium ein und blieb die ganze Zeit in meinem Zimmer. In einem kleinen Wandschränkchen fand ich ein paar alte vergilbte Zeitungen und zwei Notizhefte, die beide mit Pappe eingeschlagen waren und rechts unten in der Ecke die kleine Prägung K. K. trugen. Aus lauter Langeweile fing ich an zu lesen. Das, was ich entdeckte, war grotesk, ich habe es aufbewahrt und möchte es Ihnen nicht vorenthalten, oder so formuliert: Ich möchte die Vorteile und Möglichkeiten dieses Forums, dieses Platzes in der Öffentlichkeit als Präsentationsrampe benutzen – für Schnäppchen, die sonst im Schatten verkümmern würden:

Mit aller Leidenschaft

Dakar bei Nacht von oben. Eben habe ich noch vor dreitausend verrückten Fans gesprochen. Die Texte von Michael Liebmann. Jetzt stehe ich hier auf der Bordtoilette und ficke die Stewardess. Sie ist dünn und drahtig, ich nehme sie von allen Seiten. Als sie kommt, schreit sie, ich drücke ihr meine Jacke ins Gesicht. Sie will wieder und immer wieder, wir machen es den ganzen Flug bis nach Mailand. Wir trennen uns ohne Abschiedsgruß, mehr haben wir beide nicht voneinander gewollt. Auf der Rolltreppe schweben mir ihre dünnen Lippen vor den Augen. In der Lobby wartet Nadja, meine Tochter, auf mich. «Hallo Bappa …» «Hallo mein Kind …» Sie ist blendend schön und bereits vierundzwanzig Jahre alt. Sie geht ihren eigenen Weg. Später im Hotelzimmer zieht sie sich um. Ich ordere Champagner aufs Zimmer und wir machen uns fertig, um auszugehen. Nachdem wir die Flasche ausgetrunken haben, fahren wir zur Scala. Die Sondervorstellung von «Bello Giovanotti» hat bereits begonnen. Nadja verschwindet im Rang, während ich hinter die Bühne eile. Ich müsste mich eigentlich kostümieren, aber ich tue es nicht. Der zweite Akt beginnt und ich komme zu meinem Part. Ich spiele den Hauptmann Titio in einer Sequenz am Königshof. Ich war von Anfang an nicht glücklich mit der Rolle und beschließe nun spontan, den Text zu verändern. Die Rolle sieht vor, dass ich in einer direkten Ansprache den König vor dem aufgebrachten Volk warne und ihm zu vorbeugenden Maßnahmen rate. Ich verwerfe den Text zugunsten einer genau gegenteiligen Aussage. Ich wende mich ans Publikum und fordere es auf, sich aufzulehnen, die Bühne zu stürmen und den Despoten aufzuknüpfen. Verwirrung, Gepöbel, Begeisterung im Publikum. Nino Ponti, der den König spielt, verlässt flüchtend die Bühne. Ein paar der Zuschauer versuchen, durch den Orchestergraben zu kommen, aber die Geiger stellen sich quer. Ich atme tief durch und empfinde innerlichen Triumph. Dieses lächerliche Possenspiel ist beendet, auch wenn ich Gefahr laufe, auf der italienischen schwarzen Liste zu landen. Na und, wäre nicht das erste Mal. Hinter der Bühne begegne ich Cesare Belzio, dem Regisseur. Er schreit mich an, dann zieht er ein Messer und geht auf mich los. Ich stelle ihm ein Bein und im Sturz verletzt er sich selber, dann eile ich in die Eingangshalle. Nadja wartet dort auf mich: «Bappa, du bist wundervoll, du bist ein Scheusal, aber ein geniales ...» – «Ich weiß, mein Schatz, komm, wir fahren ins Hotel.» Ich bin fertig und schlafe in ihren Armen ein.

Als ich aufwache, ist Nadja nicht im Zimmer, dafür klopft die Putzfrau an der Tür. Ich winke sie herein und mustere sie. Sie ist unglaublich fett und hat einen dichten schwarzen Damenbart auf der Oberlippe. Ich nehme sie in den Arm und küsse sie. Sie stößt mich zurück und ich ziehe meine Hose aus. Dann schmeiße ich ihre zitternden Massen aufs Bett, sie schreit, hilft mir aber artig, die Knöpfe ihres Kleides zu öffnen. Ich stecke meine Zunge in die Speckfalten ihres Körpers, um den salzigen Schweiß daraus zu lecken. Ich nehme sie erst von hinten, dann legt sie mich auf den Rücken und setzt sich auf mich. Sie fickt mich mit aller Kraft und mir tun die Lenden weh von ihrem unglaublichen Gewicht. Als sie kommt, brüllt sie wie von Sinnen. Sie will gleich wieder loslegen, aber ich fürchte mich vor dem Schmerz, schnappe mir ein paar Sachen und fliehe aus dem Zimmer. An der Hotelbar gibt's die Zeitung. Immerhin die zweitgrößte Schlagzeile. Ich bin zufrieden, es ist eine gute Werbung für mich. Am späten Vormittag erfolgen die ersten Interviewnachfragen. Ich nehme an, was kommt. Nadja soll die Termine koordinieren.

Um ein Uhr fahre ich zu Rai Uno in die Mittagsmatinee. «Herr Koska, was war der Grund für Ihr Aus-der-Rolle-Fallen auf der Premiere?» Ich verziehe mein Gesicht, eine dümmere Frage konnte nicht kommen, ich drehe den Kopf weg und antworte einfach nicht. Die Dame, namentlich Clavia Scaccia, schön und seifig im Aussehen, ist ein wenig beschämt über das peinliche Schweigen und begreift, dass sie mich zum Feinde gewinnt, wenn sie jetzt nicht diplomatisch ist. Schmeichlerisch setzt sie fort: «Herr Koska, Sie galten schon immer als Exot und genialer Sonderling, auch in diesem Fall unterstellt man Ihnen, mit Ihrem Eklat von gestern Nacht eine tiefere Kritik üben zu wollen. An was? Um was geht es Ihnen? Um das Theater an sich, um das Stück, sind Sie politisch motiviert?» Die Frage ist inhaltlich zwar die gleiche wie die vorige, aber sie gefällt mir in der Ausführung etwas besser, weil sie a) genauer ist und mich b) in ein günstiges Licht stellt. Ich beschließe zu antworten und gleichzeitig zu checken, ob ich bei ihr landen kann. Ich wende mich ihr zu und schaue ihr gerade in die Augen. «Das, was ich gestern aufgeführt habe, war eine angemessene und zeitgemäße Variation dieses alten Hofspiels. Hat es Ihnen gefallen?» Bei den letzten Worten lasse ich meine Stimme unmerklich leiser werden und öffne meine Augen weit, sodass der Eindruck direkter Offenheit bei ihr entstehen muss. Ich lege ein klitzekleines Lächeln in meine Mundwinkel, halb schmollend, halb bittend. Zunächst wirkt sie erstaunt, von mir so direkt angesprochen zu werden, sie spürt mein Interesse an ihr, wenngleich sie es nicht zu deuten vermag. Sie führt es auf ihre Qualitäten als Interviewerin zurück und nicht auf ihre spitzen Titten und den leichten Geruch nach Muschi, den sie ausstrahlt. Brav antwortet sie: «Nun, ich war zufällig selber zugegen und ich muss gestehen, ich war höchst verblüfft und verwirrt. Wenn es Ihnen um die endlosen Diskussionen geht, die wir danach geführt haben, so haben Sie Ihr Ziel erreicht. Und was planen Sie als Nächstes, nachdem das Stück vorerst gekippt ist, wohin gehen Sie jetzt, gibt es bereits ein neues Projekt?» – «Ich brauche kein neues, das jetzige reicht vollkommen, ich plane, ‹Bello Giovanotti› regulär aufzuführen, in meiner Version, an allen großen Bühnen, die Interesse haben, ich übernehme persönlich Dramaturgie, Regie und Hauptrolle.» Frau Scaccia ist überrascht und haspelt ein wenig: «Sie selber? Und was passiert Ihrer Ansicht nach mit der Mailänder Version und Ihrem ehemaligen Regisseur, Cesare Belzio?» – «Dieses alte Arschloch interessiert mich nicht, er ist ein schleimiger Hofnarr, ein Techniker, er hat keine Vision, man gebe mir die Scala und ich verspreche Ihnen, dass ich etwas Außergewöhnliches präsentieren werde!» Ich lächele sie breit an, beuge mich nach vorne und nehme ihre Hand. Die Sinneszellen meiner Hand prüfen ihre Körperlichkeit. Die Hand ist kräftig und die Haut sitzt straff darauf, sie schwitzt etwas, das zeigt, dass sie angespannt ist, aber sie zieht die Hand nicht zurück, und das wiederum bedeutet, dass sie mir gegenüber nicht abgeneigt ist. Kann ich sie kriegen? Das ist die wichtigste Frage der Welt, nichts war je mehr von Belang. Ihre Fingernägel sind nicht lackiert und enden in einem sauberen Halbmond. Sie trägt keine Uhr und keine Kette, unter ihrer medialen Oberfläche scheint sie ziemlich pur zu sein. Nach dem Interview treffe ich sie im Fernsehgarten und wir essen mit einigen ihrer Mitarbeiter zusammen. Sie lädt mich für den Abend auf einen Empfang in eine Galerie ein und ich überlege, wie ich es bis dahin aushalten kann. Ich verabschiede mich ziemlich plötzlich und laufe nach draußen, ich habe Unterleibsschmerzen.

Ich stoppe ein Taxi und lasse mich direkt in ein Bordell fahren. Dort verbringe ich den Nachmittag mit drei Huren. Ich scheiße auf die restlichen Interviews. Wir ficken bis zum Abend durch, und als es Zeit ist, zum Empfang zu gehen, bin ich ziemlich am Ende. Es ist kein Tropfen Saft mehr in mir, zwar noch die Geilheit, aber keine Kraft. Ich treffe sie an der Eingangstür der Galerie und begrüße sie ohne Elan. Während sie vor mir hergeht, beobachte ich sie von hinten und versuche verzweifelt, mich daran hochzugeilen. Ich stelle sie mir in allen möglichen Positionen vor, aber nichts hilft, ich kriege den Initialschuss nicht hin. Sie, die von meinen Plänen ja sowieso nichts weiß, versucht mich als angenehmen Begleiter und Gesprächspartner zu sehen, obwohl ich absolut nichts zu geben habe. Ich beschließe, die Lücke meiner Inspiration mit Alkohol zu überbrücken, und führe sie zu einem Sekttresen. Während sie an ihrem Glas nippt und sich eine Kim anzündet, stürze ich vier oder fünf Flöten hinunter. Das belebt mich sofort und ich bin plötzlich in der Lage, festzustellen, was für grauenhaftes Zeug hier ausgestellt wird. Die großformatigen Bilder sind in wildem, überbordendem Duktus gemalt, schrill und bunt, kindlich, der Künstler, ein gewisser R. Daniel, hat ganz auf Fröhlichkeit gesetzt, versucht, quietschgrelle Heiterkeit herbeizuschleimen.

Ich hole tief Luft und schreie: «SCHEISSE.» Die Scaccia fährt zusammen, alle Augen im Raum liegen auf mir, erschreckt, erwartungsvoll, erkennend. «KINDERGARTENSCHEISSE», schreie ich hinterher. «Das ist Scheiße, was der Mann da gemalt hat, der soll Klopapier bunt anmalen, dann landet seine Kunst am richtigen Fleck!» Etwas Besseres fällt mir gerade nicht ein, ich bin noch zu schwach für eine gut formulierte Attacke. Ein paar Leute klatschen, einige reden laut, einer kräht: «Halt's Maul, Arschloch, musst du deine Profilsucht unbedingt hier befriedigen?» Ich renne auf den Mann zu und ramme ihn zu Boden, er springt auf und rennt hinaus, keiner macht Anstalten, mich aufzuhalten. Ich gehe zurück zu meiner Begleiterin, die krampfhaft versucht, unbeteiligt zu wirken, und so tut, als wenn sie in ein Gespräch mit einer anderen Frau verwickelt wäre. Die Frau, mit der sie redet, ist gedrungen, trägt kurze weiße Stoppelhaare und ist um die fünfzig. Sie blickt durch eine halb runde Lektorenbrille. Sie schaut mich an, dann greift sie mir ans Kinn, reibt dieses zwischen Daumen und Zeigefinger, rümpft die Nase und sagt: «Ich mag Sie, Sie sind aufregend!» Zwar bin ich so alt wie sie, aber sie kommt mir trotzdem vor wie eine Tante. Sie hat so etwas Beherrschendes, Lenkendes, ich werde zu meiner freudigen Überraschung ein bisschen geil und halte mit der einen Hand in der Tasche meinen Schwanz fest. Ich bin wieder zurück, das macht mich glücklich. Um die Scaccia zu beruhigen, lasse ich mich auf eine längere Kunstdebatte mit den beiden ein, die beweist, dass ich vom Fach bin. Dabei versuche ich, die beiden unbemerkt abzufüllen, ich proste ihnen immer wieder zu und stelle neue Gläser bereit. Zu fortgeschrittener Stunde frage ich die Damen, ob sie Lust auf eine Nachtfahrt hätten. Sie bejahen und ich beeile mich, eine Cabrioletlimousine zu bestellen. Einen diskreten Fahrer brauchen wir.

Ich lasse den Fahrer aus der Stadt hinausfahren, und während wir Richtung Meer fahren, trinken und lachen wir. Ich sitze auf der Rückbank in der Mitte, die Frauen zu meinen Seiten. Der warme Nachtwind massiert uns zärtlich, und ohne dass ich die Dinge einleiten muss, legt die Lektorin ihre Hand auf meinen Hosenschlitz. Ich lasse sie gewähren, lehne mich zurück und öffne Clavia meinen Mund. Sie küsst mich heftig, während mein Schwanz beblasen wird. Die Lektorin steigt über mich und setzt sich auf mein Gipfelkreuz, sie fickt mich langsam, das heizt die Fernsehfrau auf, sie zieht sich aus, endlich kann ich ihre spitzen Kirschen in den Mund nehmen. Der Wagen hält am Meer, wir bemerken es kaum, ich nehme die Scaccia von hinten, mein Allerwertester zeigt Richtung Fahrerkabine. Auf einmal spüre ich etwas Heißes von hinten, das in meinen Arsch drängt; wenn ich mich nach vorne bewege, ficke ich die Scaccia – komme ich nach hinten, fickt mich der Chauffeur, was für ein himmlisches Zwiespiel. Ich stecke der Lektorin meine Hand in die Pussy und sie schreit, dann kommt sie als Erste, kurz darauf kommen wir zu dritt zusammen, unter großem Stöhnen. Wir treiben es die ganze Nacht, der Fahrer hat Austern in der Bordbar, die bauen unsere Hoden wieder auf. Am Morgen legen wir uns an den Strand und schlafen gemeinsam ein. Später wache ich auf, wecke den Fahrer und wir schleichen uns heimlich zum Auto. Beim Abfahren blicke ich noch einmal zurück auf den Strand, dort liegen sie immer noch nackt, meine Aphroditen. Ich bin glücklich. Dieses schöne Bild will ich in mir verwahren. Ich fahre zum Hotel, bezahle den Fahrer und gehe auf unser Zimmer. Nadja liegt auf dem Bett und schaut mich böse an. Sie sagt: «Wo warst du Schwein, ich habe mir Sorgen gemacht, warum bist du so zu mir?» Ich habe keine Lust, mich zu entschuldigen, schließlich ist sie nicht meine Mutter oder so etwas. «Bappa, ich habe das Gefühl, dass du immer weniger mit den Beinen auf dem Boden der Realität stehst. Vielleicht brauchst du Hilfe, so ein Leben, wie du es führst, kann man nur eine begrenzte Zeit durchhalten.» – «So ein Leben, wie du es führst, auch, und zwar bis zum Ende», antworte ich müde, lege mich an ihre Seite, stecke ihr einen Finger in die Achselhöhle und schlafe ein.

Mein Fernsehauftritt tut seine Wirkung, es melden sich viele Medienleute, und drei Theater bieten mir innerhalb einer Woche die Inszenierung von «Bello Giovanotti» an. Ich bin total abgebrannt und gehe die Angebote durch. Ein Produzent bietet mir die Hauptrolle in einem Kriegsfilm an, ich soll einen verrückten Offizier in einem Militärlager für Frauen spielen. Die Rolle und das Drehbuch sind miserabel, aber die Gage ist gut. Außerdem bin ich fast der einzige Mann unter siebzig Frauen. Ich telegrafiere dem Produzenten meine Zusage. In zwei Wochen geht es an die Elfenbeinküste.

Abidjan ist wunderbar, die Hitze mein Element. Von Abidjan aus geht es mit einer Jeepkolonne in den Dschungel, sie haben dort eine kleine Filmstadt aufgebaut, die Bouake' heißt. Nadja ist auch dabei, ich ertrage ihre Nähe zur Zeit nicht so gut, denn ihr Anblick hält mich in einem permanenten Zustand der Erregung. Ich vermeide es, sie anzuschauen.

Bouake' ist aus Holz gebaut, es gibt sogar eine Bar, die regelrecht gemütlich ist und von einem Schweizer geführt wird, der Eugen gerufen wird. Das ganze Camp ist voller Frauen, nicht nur die Darstellerinnen, sondern auch noch einige aus der Crew und die schwarzen Bediensteten, die hier wohnen. Sie sehen alle so wundervoll aus, ich gehe einmal durch den Ort, um mich umzuschauen, und dabei muss ich anfangen zu weinen. Es ergreift mich so tief, dass ich in ein Barackenklo gehe, um nicht aufzufallen. Ich heule eine halbe Stunde, dann stehe ich auf und gehe wieder in die Bar. Ich habe noch zwei Tage Zeit, mich auf die Rolle vorzubereiten. Da es einen derartigen Frauenüberschuss gibt, brauche ich nicht zu wählen. Ich muss mich nur am Abend in die Bar stellen und die Willigen kommen von selber. Am ersten Abend schlafe ich nacheinander mit zwölf Frauen. Immer wenn ich fertig bin, bleibe ich so lange bei ihnen, bis sie glücklich eingeschlafen sind, dann gehe ich die Nächste retten. Ich lasse mir vom Barkeeper ein Milchgetränk mit rohen Eiern zubereiten, um bei Kräften zu bleiben. Alkohol kann ich bei einer derartigen Anforderung gar nicht mehr vertragen, er würde mich schwächen. Schon am zweiten Abend gibt's Streit, zwei Schöne umlagern mich eifersüchtig und es spricht sich schnell herum, dass ich promiskuitiv bin. Eine beschimpft mich als «Nutte». Mir soll es egal sein, ich mache nur Liebe, das ist nichts Schlimmes und niemand hat ein Privatrecht auf mich. Der Ärger drückt meine Quote und ich komme in jener Nacht nur auf vier sexuelle Begegnungen. Das macht mich traurig.

Am nächsten Tag trifft der Regisseur ein, sein Name ist Herold, er stellt sich allen vor. Ich mag ihn nicht, er versucht auf plumpe Art, das Gefühl von Gleichheit zu erzeugen, ich bin nicht gleich. Als er mir die Hand zum Gruß entgegenstreckt, schüttele ich sie, ohne ihn anzuschauen. «Na mal sehn ...», sagt er nachdenklich und geht weiter. «Ja mal sehn ...», sage ich.

Ich fühle mich nicht gut und gehe in unsere Hütte. Binnen zweier Stunden geht es mit mir rapide bergab. Ich habe einen grau-grünen Ausfluss. Ich schleppe mich zur Arztbaracke, deren Tür mit der Information «wegen Krankheit geschlossen» verziert ist. Jetzt fühle ich mich wirklich schlecht. Ich gehe zurück zur Hütte und bitte Nadja, einen Arzt zu besorgen, ich habe Fieber bekommen. Sie läuft zu Herold und dieser kommt zu mir. Beim Eintreten zeigt er sein wahres Gesicht. Er schreit sofort los: «Koska, mit mir nicht, Sie können hier das gesamte Lager ficken und sich jede Geschlechtskrankheit der Welt holen ... mir egal – Sie stehn morgen um 7.30 Uhr vor der Kamera, sonst lass ich Sie zusammenschlagen!» Ich schaue ihn nicht an und stöhne, dann sage ich in seine Richtung das Wort: «Langweilig.» Er explodiert fast, schreit wüst herum und rast davon. Nadja hat die Adresse eines geheimen Naturheilers in Erfahrung gebracht und wir machen uns mit zwei Trägern auf den Weg in den Busch. Ich lasse mich stützen und schlucke Schmerztabletten.

Wir wandern gute drei Stunden auf den engen, verworrenen Pfaden durch den Dschungel, nur die Träger wissen, wo wir sind. Die wilden Tiergeräusche machen mir Angst, denn ich halte sie für einen Fieberwahn. Endlich kommen wir an eine kleine Lichtung, auf der einige winzige Hütten aus Blättern stehen, ich werde hingelegt und ein Träger verschwindet in einer der Hütten. Nach ein paar Minuten springt ein junger schwarzer Mann aus der Hütte, er umkreist mich, dann bückt er sich blitzschnell und fasst mir ins Gemächt. Ein kurzer Blick scheint ihm zu genügen, dann verschwindet er wieder.

Nach einer weiteren Stunde erscheint er wieder, diesmal ist er angemalt, sein Gesicht ist feuerrot und er hat sich ein knochiges Kraut in die Nasenlöcher gestopft. In seinen Händen hält er eine Schale mit einer schwarzen Flüssigkeit. Er stellt sich über mich und beginnt mit einem endlosen Singsang. Ein Träger bedeutet mir, den Mund zu öffnen. Aus seiner stehenden Höhe lässt der Medizinmann einen dünnen Strahl der zähen Flüssigkeit in meinen Mund laufen, sie schmeckt gut, wie eine Art Sirup. Als die Flüssigkeit alle ist, verschwindet der Meister. Ich gerate in einen tiefen Rausch, von dem ich nichts mehr weiß.

Nadja erzählt mir später im Krankenhaus, dass man mich festbinden musste, weil ich einen Tierrausch hatte, geschrien und gekratzt hätte. In Bouake' sei ich am nächsten Morgen absolut nicht zum Drehen in der Lage gewesen, zu diesem Zeitpunkt hätte ich mich selber für einen Hund oder einen Kojoten gehalten. Herold habe mich daraufhin schwer zusammenschlagen lassen. Mit einem Jeep hätte man mich nach Abidjan gefahren, ich wäre ohnmächtig gewesen.

Jetzt fühle ich mich besser. Nadja sitzt vor mir in der Klarheit ihrer Jugend und ich merke, wie es zwischen meinen Beinen pocht. Ich bin erleichtert, mein wichtigster Teil scheint noch zu funktionieren. Ich werde diesen verdammten Film abbrechen, morgen geht es zurück nach Europa, das Theater wartet auf mich!

P. S. Auf dem Flug lese ich ein Buch, in dem jemand erzählt, wie er diese Aufzeichnungen gefunden und abgedruckt hat. Nach meiner Geschichte, die, meiner bescheidenen Ansicht nach, hervorragend passt, geht das Buch mit folgendem kurzen Satz wieder in die Hauptstory über:

Das war eine gute Überleitung. K. K.

Shanghai war nichts für mich. Mein paranoider Schock ließ mich wochenlang in dem öden Zimmer rumhängen, ich verkam zusehends, war so faul und scheu geworden, dass ich es vermied, auf das Klo im Gang zu gehen, und mir stattdessen aus dem Laken eine Art Herrenwindel bastelte, die ich nun tagelang umbehielt. Irgendwann wurde ich mir meiner

Lage bewusst und durchbrach meine ätzenden Mauern, ohne dass es mich größere Kraft kostete: Eines Morgens packte ich meine Sachen und ging.

Ich beschloss, aus Shanghai zu verschwinden und mich Richtung Seoul nach Korea durchzuschlagen. Um weniger aufzufallen, hatte ich mir die Haare schwarz gefärbt, trug Plastikhasenzähne und machte Schlitzaugen. Damit kam ich ganz gut durch. Die Fahrt war anstrengend und dauerte sehr lange. Ich war Monate in den verschiedensten schrottreifen Überlandbussen unterwegs und verdingte mich zwischendurch als Hampelmann auf Dorffesten. Dort hatte ich zwei Aufgaben: Entweder setzte man mir eine blonde Perücke auf, damit ich wiederum wie ein Weißer aussehen würde (dämliche Chinesen …), und stopfte mir ein Kissen in die Hose. Dann musste ich über den Dorfplatz gehen und mir von allen, die es wollten, in den Hintern treten lassen. Oder ich musste mich hinter eine Holzwand stellen und meinen Kopf durch ein Loch stecken. Dann bewarf man mein Gesicht mit Kuhfladen und Pferdeäpfeln. In beiden Fällen war ich so eine Art Blitzableiter für die provinziellen Aggressionen der Dorfbevölkerung und verdiente mir damit ein kärgliches Gehalt. Wie gerne hätte ich jetzt eine Bank ausgeraubt, aber auf dreihundert Kilometer fand man höchstens eine, und die war schwer bewacht.

In Anshan auf dem Marktplatz passierte es dann: Etwas anderes trat in mein Leben. Ich stand mal wieder wie so oft hinter der Wand und ca. dreißig schreiende Chinesen warfen mit Scheiße auf mich. Während sie vor Lachen nur so brüllten und mit dem Finger auf mich zeigten, schwor ich innerlich Rache, ich nahm mir vor, mir jedes Gesicht einzeln einzuprägen, um mich persönlich zu revanchieren. Aus den Augenwinkeln konnte ich eine Person sehen, die ein bisschen weiter weg an einer Mauer stand und das Treiben beobachtete. Bei einem flüchtigen Blick in die Richtung erkannte ich, dass es sich um eine Frau handelte, die mich mit einem komischen Ausdruck musterte. Sie war schon etwas älter, hatte eine gebückte Gestalt, unglaublich vorstehende Zähne und trug eine Nickelbrille. Trotz ihrer auffälligen Hässlichkeit war etwas an ihr, das mich auf eine seltsame Weise berührte. Die ganze Zeit, während deren ich gemartert wurde, stand sie an der Mauer und harrte aus, und ich, der ich die unterste Kreatur in diesem verfluchten Flecken war, stellte mir träumerisch vor, wie es wäre, wenn diese gnomenhafte Vettel meine Ehefrau wäre, die mich von der Arbeit abholen wollte. Zu diesem Zeitpunkt war ich sozial so derangiert, dass es mir wie der Inbegriff vom Lebensglück vorkam, und immer öfter schaute ich in ihre Richtung, ich hatte Angst, dass sie gehen würde. Warum stand sie überhaupt dort? Schaute sie wirklich mich an und wenn ja, warum? Vielleicht wartete sie nur darauf, dass eine Stelle an der Bude frei würde, um mich ebenfalls zu demütigen.

Irgendwann hatte ich Mittagspause und erschöpft verschwand ich hinter dem Wagen, um mir für einen kurzen Augenblick das Gesicht zu waschen, aus dem der güllehafte Geruch zur Zeit sowieso nicht mehr wich, so sehr waren die Exkremente in meine Poren eingezogen. Etwas erfrischt wagte ich einen Schritt neben die Bude, um zu sehen, ob sie noch da war – roter Stern an meinem schwarzen Himmel –, my little Chinese girl. Dort stand sie an die Wand gelehnt, und als sie mich sah, blieb ihr Blick an mir hängen, streifte über meinen ganzen Körper und traf schließlich meine Augen. Sie setzte ein leises, fast unmerkliches Lächeln auf und ich wusste: Sie sandte ein Zeichen. Mein Herz klopfte laut und ich musste lachen, denn früher hätte mir der Anblick einer derartigen Gestalt eher ein heftiges Aufwiehern entlockt als den Wunsch nach Nähe. Sie meinte wohl, ich würde sie anlachen, und lachte zurück, mir tat es sofort Leid und ich schaute verlegen weg. Wie ungerecht ich zu ihr gewesen war, wie arrogant und eitel! Sollte ich einen Schritt auf sie zu wagen, sollte ich mich ihr nähern und sie ansprechen? Ich konnte eigentlich gar kein Chinesisch, was also hätte ich schon groß sagen sollen? Ich dachte nach und plötzlich stand sie vor mir, sie nahm meine Hand und drückte einen Zettel hinein, dann ging sie, ohne ein Wort zu sagen. Ich war aufgeregt, was hatte das zu bedeuten, schnell faltete ich den Zettel auf. Es stand nichts weiter drauf als eine Adresse. Auch wenn ich etwas enttäuscht war, nicht persönlich angesprochen worden zu sein, war dies ja quasi ein Angebot, vielleicht sogar eine Einladung.

Ich war richtig aufgeregt, als ich wieder an die Arbeit ging, so sehr freute ich mich auf den Abend und den Besuch bei der geheimnisvollen Adresse. Während ich nun wieder mit Scheiße beschmissen wurde, machte ich in meinem Übermut sogar lustige Clownsgesichter dazu oder öffnete den Mund, was die Zahl meiner Kunden in kürzester Zeit verdoppelte. Ich nahm bis zum Abend ein ganz stattliches Sümmchen ein und begriff, dass ich, wenn ich hier etwas werden wollte, ganz abgesehen von meiner amourösen Hoffnung, meine Arbeitsmoral grundsätzlich ändern musste. Ich ging sogar so weit, mich bei meinen Kunden zu bedanken, und die quittierten das durch kleine Trinkgelder. Als der Feierabend kam, schloss ich zufrieden meine Bude ab und unterzog mich erst mal einer ausgiebigen Wäsche, die durch das eifrige Auftragen von Parfum vollendet wurde. Man könnte sagen, ich roch wie ein Kuhbordell. Ich zog meine beste Hose an, und dann machte ich mich auf den Weg zu der besagten Adresse.

Der Weg dahin war ein langer Fußmarsch, oft blieb ich an den kleinen Buden am Straßenrand stehen, um mich mit einem Gläschen Sake oder dergleichen zu erfrischen. Es war ein wunderbarer Abend, warm wehte ein freundlicher Wind vom dunkelorangenen Himmel und der Reisgeist ließ mich ein wenig schweben. Die soziale Beschaffenheit der Viertel, durch die ich kam, änderte sich, ich gelangte nach und nach in die «besseren Gegenden» und die Straße, nach der ich suchte, war eine regelrechte Prunkallee. Ich fragte mich, was die bucklige Frau denn hier zu tun haben könnte, vielleicht war sie Dienstbotin oder etwas dergleichen. Ich hielt vor der angegebenen Hausnummer und staunte, ich stand vor einem großen weißen Stadtpalais in europäisch-klassizistischem Baustil, das von einem weiten Wandelgarten umgeben war. Ein Bach floss durch den Garten und durch das Gittertor war auch ein Wäldchen zu erkennen. Wieder verglich ich die Adresse auf dem Zettel mit dem Straßenschild und der Hausnummer, ich war zweifellos richtig. Ängstlich führte ich den Finger zu dem einzigen Klingelknopf und drückte drauf. Ich hörte ein entferntes Schellen, dann sprangen große Hunde über den Rasen und blieben bellend vor mir stehen. Ein kleines Gefährt fuhr vom Haus aus auf mich zu, etwa wie ein Golfwagen, scheinbar extra dafür angeschafft, den Weg vom Tor zum Haus zu erleichtern. Der Wagen hielt vor dem Tor und ein chinesischer Boy hieß mich mit ausdruckslosem Gesicht einsteigen, um mich dann bis vor das Haus zu kutschieren. Ich hatte Angst, was wollte man von mir, sollte ich zu einem Versuchskaninchen in den Händen schwerreicher, dekadenter, asiatischer Sadisten werden?

Der Boy bat mich ins Haus und führte mich in eine kleine Kuppelhalle, durch deren Glasdach das rotglühende Licht des Abendhimmels fiel. In der Mitte der Halle war ein Bassin in den Boden eingelassen mit einem Springbrunnen in der Mitte, aus dem klares Wasser sprudelte. Mehrere Flamingos standen in dem Becken und ich konnte auch ein paar Fische durch das Wasser schwimmen sehen. Am rechten Rand des Beckens stand ein Marmordiwan, der mit einem kostbaren Fell bedeckt war, und auf dem Fell lag eine blonde Frau in einem schwarzen Bademantel und hochhackigen Schuhen. Sie hatte die Augen geschlossen, schien zu schlafen. Vorsichtig näherte ich mich und musterte sie dabei. Sie war sehr schön, nicht mehr ganz jung, die Augenbrauen im Gegensatz zu ihren Haaren dunkel, die Hände grazil, aber kräftig, mit penibel gepflegten Nägeln. Auf ihrem Busen hoben und senkten sich ihre Initialen, die in Gold aufgestickt waren: J. H.

Je näher ich ihr kam, desto erregter wurde ich, ich war fremd hier, sie wusste nichts von mir und lag dort in all ihrer schlafenden Offenheit meinen voyeuristischen Blicken ausgeliefert. Zu gern hätte ich mich gebückt und an ihr geschnuppert, aber das wäre sinnlos gewesen, da ich durch meinen eigenen Geruch mehr als vernebelt war.

Langsam umrundete ich sie, um die schlummernde Schöne zu begutachten. Neben dem Diwan stand ein kleiner Beistelltisch, auf dem ein Haufen Utensilien herumlag. Ich schaute genauer hin und erstarrte vor Staunen: ein Umhang, eine schwarze Perücke, eine Nickelbrille und zwei riesige Hasenzähne. Mein Gehirn rotierte: Was hatte das zu bedeuten? Wollte man mich enttarnen? Hatte man meiner Beobachterin vom Markt die Haare abgeschnitten und die Zähne herausgebrochen? War meine Beobachterin in Wirklichkeit auch getarnt gewesen und nun enttarnt worden und wenn ja, wo war sie jetzt und wer hatte sie verschwinden lassen? Vielleicht wurde sie gerade gefoltert. Ich war verzweifelt und aufgeregt zugleich. Ich stürzte mich auf die Blondine und riss sie hoch, nahm sie dabei sofort in den Schwitzkasten, ich drückte richtig zu, sodass sie nur noch gurgeln konnte, und brüllte sie an: «Wo habt ihr die chinesische Frau gelassen? Was ist mit ihr passiert? Was geht hier vor? Gebt sofort die Frau wieder frei.»

Die Blondine röchelte und trat um sich, bis sie mit ihrem Pfennigabsatz meinen Zeh traf. Ich schrie auf und musste sie vor Schmerz loslassen, dann keifte sie wutentbrannt auf mich ein und ich drohte in einem klatschenden Ohrfeigenmeer zu versinken: «Du Vollidiot, du hirnloser Badeschwamm, du Bauerntölpel ... und ich dachte, ich hätte es mit einem smarten europäischen Spion zu tun, mit einem Gleichgesinnten und ebenbürtigen Gegner, mit einem, der die Bürde dieses Marktjobs auf sich nimmt der höheren Ziele wegen, die er vor Augen hat, aber nein – mein ganzes Verführungsspiel vergeudet an einen derben Trampel ...!» usw.

Langsam begriff ich: So war sie diejenige gewesen, meine Beobachterin, meine arme, gebeugte Prinzessin, gleichfalls getarnt, als Spionin unterwegs sozusagen. Ich war zutiefst beschämt, wusste mich kaum zu entschuldigen, während ich doch nun all meinen Charme spielen lassen musste, um diese Scharte wieder auszuwetzen. Ich spielte um mein Leben, spielte mein volles Repertoire ab, das ich auf den Luxuslinern perfektioniert hatte, und brauchte trotzdem eine geschlagene halbe Stunde, bis sie beruhigt war und langsam wieder an mich zu glauben begann. Ich erzählte ihr von den Demütigungen der letzten Monate und den schweren Zeiten meines Lebens und war Gott dafür dankbar, dass er Frauen zu so mitfühlenden Wesen gemacht hatte. Sie litt mir mir und ich ließ mich ganz weit zurücksinken in die Zeit meiner Babytage.

Als ich nach vielen Lügen und noch mehr Tränen ihr Vertrauen zurückerobert hatte, versuchte ich, ein bisschen mehr über die geheimnisvolle Fremde herauszukriegen. Sie war eine reiche europäische Geschäftsfrau namens Janine Hülder, und sie lebte in diesem von ihr selbst gewählten Exil, weil sie im Westen politische Feinde hatte, die ihr gefährlich wurden. Einerseits war sie zwar Großindustrielle und Arbeitgeberin, andererseits bezeichnete sie sich selber als moderne Sozialistin und Freundin des Arbeiterstandes.

Das war eine aufregende Mischung, und da ich seit jeher eine ähnliche Einstellung pflegte, stellte ich ihr spielerisch die Glaubensfrage: «Wie heißt denn das große Werk, die Bibel des Crossover, von Rupert Lay?» – «Marxismus für Manager», kam es wie aus der Pistole. Begeistert zitierten wir einander Passagen aus unserem Leitfaden, wir schossen von null auf hundert, vergessen war der Streit von zuvor, es entstand ein Band zwischen uns.

Janine erzählte mir, dass sie die Kunst sehr lieben würde, sie ginge gerne in Galerien und auf Vernissagen, um sich die neuesten unbekannten Shooter zu sichern. «Einfach mal auf die 13 setzen» nannte sie das und erklärte, dass sie bei jedem zehnten Kauf nach zehn Jahren den Verlust, der durch den Kauf der anderen neun entstanden sei, mehr als zehnfach auffangen könne. Ein Superweib. Die perfekte Frau: sowohl ganz eisenharter Businessprofi als auch der weiche und mitfühlende feminine Vamp mit Mutterambitionen. Tief in mir drin schrie etwas auf: «Da ist sie, halt sie, das ist deine Traumfrau!!!»

Ich forsche weiter. Um es mir und Ihnen ein bisschen anschaulicher zu machen, schreibe ich unser Gespräch – so wie ich mich daran erinnere – nieder:

Ich: Oh man, das ist ja Wahnsinn, ich kann's kaum fassen, dass du genauso eingestellt bist wie ich!

Sie: Ja, das ist richtig toll.

Ich: Und was denkst du so als privilegierte Intellektuelle von der Arbeiterklasse?

Sie: Es ist sehr interessant, darüber nachzudenken. Die Arbeiter sind unser Kapital. Sie sind zwar ungebildet, aber oft auch sehr nett, wer sie erst einmal kennen gelernt hat, der weiß, was für nette Burschen sie sein können. Man muss unbedingt was für sie tun. Zum Beispiel ihnen Arbeit geben.

Ich: Aha, sehr interessant, ja, und da haben dann ja auch

beide was davon: Die Arbeiter haben Arbeit und du hast die Arbeiter, das ist ja toll.

Sie: Trinkst du auch gerne Champagner?

Ich: ... (stotternd) Ja ... du etwa auch?

Sie: ... Ja ...

Ich: Etwa am liebsten aus der Flöte und dazu einen leichten Rucolasalat mit angerösteten Pinienkernen ...?

Sie: ... Ja, das gibt's ja gar nicht, du etwa auch ...?

Ich: ... Ja ... du etwa auch? ...

Sie (leicht angestrengt): Jaha, das ist ja toll, wie ähnlich wir uns sind ...

Ich: Und was willst du für die Gerechtigkeit in der Welt tun?

Sie: Spenden. Ich spende viel, im Allgemeinen zwischen 5 und 8 % meines Umsatzes, zum Beispiel für Umweltorganisationen oder für Seniorenheime ...

Ich: Das ist ja spitze, dann behältst du also nicht alles für dich, sondern gibst auch wieder etwas zurück?

Sie: Ja, so wie es die Indianer gemacht haben. Und das Tollste ist: Man kann das alles von der Steuer absetzen ...

Ich: Suuuper!

Sie: Pass auf, die Revolution kann nicht von unten kommen, das hat die Geschichte gezeigt, sie muss von oben kommen, aus der Elite, aus den Kreisen, die ohnehin die Gesellschaft lenken, da muss das Umdenken anfangen. Zum Beispiel die Gewinnbeteiligung der Arbeiter: Wir von oben müssen denen da unten erklären, dass sie Fabrikbesitzer werden können, ganz einfach, indem sie ein paar Aktien ihres Arbeitgebers kaufen. Du glaubst ja gar nicht, was da unten für Wertpotentiale brachliegen! Das Volk hockt doch auf seinen Milliarden und lässt sie versauern! Wenn die in ihre Arbeitgeber investieren würden, könnten sie daran nur gewinnen, und für uns würde das einen enormen Finanz- und Kontrollzuwachs bedeuten, den wir dann ja auch wieder zugunsten der Arbeiter nutzen könnten, zum Beispiel für eine noch gerechtere Verteilung der Löhne unter den Arbeitnehmern.

Ich: Aha, hochinteressant, also keine Abschaffung der herrschenden Klassen?

Sie: Wer will das denn noch? Es gibt nun mal Menschen, die geführt werden wollen, und andere, die führen können. Aber davon gibt's wenige, und so fallen sie dementsprechend der Masse kaum zur Last, wenn die also ein bisschen privilegierter sind, fällt das doch gar nicht auf.

Ich: Stimmt auch wieder. Ja, das finde ich hochinteressant, was du dir da ausgedacht hast, das solltest du mal als Buch veröffentlichen.

Sie: Hab ich schon, es heißt «Phantasien über Gleichheit». Ich habe es in Form eines erotischen Romans geschrieben wie «Salz auf unserer Haut», um es auch für die normale Leserin zugänglich zu machen.

Ich: Geniale Idee, sag mal, magst du Sport?

Sie: Ja, ich liebe Pferde und gehe gerne zum Golf …

Ich: Das gibt's ja gar nicht, ich nämlich auch, und weißt du, was ich am tollsten finde? Treibjagd auf dem Lande, mit Halali und Waldhorn.

Sie: Nein! Oh, das finde ich auch so schön, das müssen wir unbedingt mal gemeinsam machen. Ich habe gute Kontakte zum europäischen Hochadel, vor allem in Schleswig-Holstein, und wenn du willst, kann ich dich dort einführen. Übrigens, was hältst du vom neuen Benz Landcruiser, kennst du den?

Ich: Spitzenauto, soll der beste urban/outdoor Wagen sein, den's zur Zeit gibt. In der Stadt und auf der Autobahn schnell und zügig, auf dem Land kräftig und robust. Muss ich unbedingt mal fahren.

Sie: Ja, und der Motor schnurrt sooo sexy, willst du's mal hören?

Ich: Wie?

Sie: Na ja, ich hab ihn zufällig hier, und weil heute ein guter Tag ist und ich in einer wunderbaren Laune bin, schenke ich ihn dir.

Mir blieb die Spucke weg, ich konnte es kaum glauben. War das mein kometenhafter Rückaufstieg in die erste Klasse, war ich der sprichwörtliche Phönix, hatte Gott endlich seine Brille aufgesetzt? Janine nahm mich bei der Hand und führte mich durch das große Haus, bis wir zu einem Carport aus schwarzem Marmor gelangten. In ihm standen nebeneinander zwei neue Landcruiser, ein schwarzer und ein weißer.

«Der schwarze für den Tag und der weiße für die Nacht. Such dir einen aus.» Natürlich wählte ich den schwarzen, sie gab mir den Schlüssel und ich ließ mich mit einem Satz in den weichen Recaro-Schalensitz gleiten, der sich an mich schmiegte wie eine wärmende Mutter. Janine stieg in den weißen ein, schaute mich prüfend an und bat mich dann, die kleine Tasche zu öffnen, die auf dem Rücksitz lag. Ich griff hinter mich, zog die Tasche nach vorne und öffnete sie. «Das ist ein Notset, das ich stets in meinen Wagen deponiert habe», erklärte sie. Ich fand ein paar frisch verpackte Kleidungsstücke vor, Pflegeutensilien und Accessoires. Ich suchte mir ein Versace-Hemd mit Barockstehkragen aus quietschbunter Seide aus und eine Ellen-Sussex-Brille aus schwarzem Horn mit zwei Brillies in den Ecken. Ich suchte Janines Blick und sie leckte sich über die Lippen, dann brummte ihre Maschine auf und sie fuhr als Erste aus dem Port.

Es war eine herrliche Tour durch die Straßen der chinesischen Vorstädte und hinaus aufs Land. Wenn wir konnten, fuhren wir nebeneinander. An Bord der Wagen gab es CB-Funkgeräte und so schwatzten wir ausgelassen während der Fahrt. Ich erzählte ihr schließlich, was der Grund meiner

Reise nach Asien gewesen war, und sie meinte, dass ich bei ihr an der richtigen Adresse gelandet sei, denn sie habe sehr gute Kontakte zu einigen asiatischen Fabrikbesitzern bzw. Vertriebskonzernen, und sie fände meine Ideen witzig, da könne man bestimmt gutes Geld mit verdienen. Wir waren so übermütig, dass wir auf entgegenkommende Fahrzeuge keine Rücksicht mehr nahmen, und so endete ein Ochsenkarren nach dem anderen im Straßengraben. Wir waren zwei Europäer in China.

Die Zeit mit Janine war wundervoll, wir heirateten und meine Patente brachten mir Millionen ein. Wir lebten in Saus und Braus und sie führte mich in die besten Kreise der Welt ein. Da ist was los – in den besten Kreisen der Welt –, ich sage Ihnen. Das können Sie sich als normaler Mensch gar nicht vorstellen. Wir flogen mit der Concorde um die Erde, es gab nichts, was für uns nicht in ein paar Stunden erreichbar gewesen wäre. Ich erspare Ihnen die Details aus dieser Zeit, denn sie würden Sie nur neidisch machen und vom Weiterlesen ablenken.

Irgendwann war ich so unglaublich gelangweilt, ich war so gelangweilt. Als wir wieder einmal in Paris waren, rannte ich davon, ich ging einfach weg, während Janine vor irgendeinem verdammten Pelzschaufenster kleben geblieben war. Ich ging immer weiter und wusste, dass es für immer war. Ich wollte wieder selbstbestimmt leben. Ich war in der Haupstadt Frankreichs, das machte mich glücklich, und ich beschloss, Künstler zu werden.

PARIS

Ich verbrachte eine lange Zeit in Paris.

Paris – Pinsel der Welt, Galerie der Liebe, ich versank ganz in diesem Strudel der Leidenschaft. Ich empfand alles anders, begann neu zu leben.

Dann traf ich auch noch meinen Vater wieder, anfangs zu meiner großen Freude, doch die ebbte schnell ab. Er selber hatte mich zu seinem Konkurrenten auserkoren.

Sonne über den Cafés am Montmartre. Zigarettenrauch und Kaffeeduft liegen in der unbeweglichen Sommerluft und vermischen sich mit den Geräuschen der Cafégäste zu einer Art Hörgeruch.

Loulou springt aus einem Peugeot-Cabrio und winkt mir zu. Wie grazil sie aussieht in ihrem rotweiß gepunkteten Sommerkleid, mit den Sandaletten und dem Blumenkamm im Haar. Sie bewegt sich wie ein junges Reh, denke ich, während sie auf meinen Tisch zugesprungen kommt.

«Gaston, einen Café au lait und ein Croissant bittschön!», wirft sie einem vorbeieilenden Kellner charmant-schnippisch hinterher. Ich bin verliebt in Loulou, sie, das frische Herz der Provence, sie, der Frühlingswind in diesem Herbstabend, der mein Leben ist. Aber ich wage nicht, ihr all das zu sagen, ich nutze jeden unbemerkten Moment, um sie zu mustern und ihre schönen Außenformen in mich aufzunehmen, ich will sie in mir hegen wie einen Schatz. Es ist nicht das Sexuelle, was mich an ihr reizt, im Gegenteil, sexuell finde ich sie nahezu öde, nein, es ist ihre ganze Art und vor allem ihre körperliche Erscheinung, die ich faszinierend finde. Ich muss sie unbedingt malen, von allen Seiten will ich diese Medusa des Südens abmalen und sie in Stein bannen. Ich glaube, in ihr meine Mona Lisa gefunden zu haben.

Loulou hat ein Lächeln, da werden Pferde schwach, ich würde alles tun, um sie zum Lachen zu bringen. Sie hat wieder dieses leichte Eau de Toilette aufgelegt, sie trägt es wie einen unsichtbaren, duftigen Sommerschal. Während sie unbekümmert vor sich hin schwatzt, trinke ich meinen Schoppen und mache Skizzen von ihr. Ich muss husten, die verdammte Tbc quält mich wieder, ich schließe mein Hemd und die Jacke und lehne mich ein wenig in der Sonne zurück, ohne meine Prinzessin auch nur für eine Sekunde aus den Augen zu lassen. Immer wieder denke ich darüber nach, wie ich ihr meine Liebe gestehen könnte, alle möglichen Szenarien spiele ich im Kopf durch und verwerfe sie sogleich wieder.

Loulou, o Loulou – und ich bin nicht der Einzige, der an ihr interessiert ist, da betritt er wieder die Bühne, dieser widerliche Pinselquäler, fährt sich durch den dichten Schnurrbart und steuert schnurstracks auf unseren Tisch zu. Die Rede ist von meinem Vater, er hat das Hemd weit geöffnet und die Ärmel hochgekrempelt, mit der einen Hand streicht er sich das volle schwarze Haar aus dem Gesicht, während er mir mit der anderen krachend auf die Schulter schlägt, um auszurufen: «Ajeh, mein kränkelnder Sohn, schon so früh auf den Beinen, und Mademoiselle Loulou auch bereits hier, darf ich Ihnen diese Rose als Zeichen meiner Verehrung schenken?»

Er bückt sich zu ihr herunter, lächelt sie an und hält ihr eine kleine Papierrose unter die Nase, die er mit irgendetwas eingelassen hat, das ich nicht riechen kann, das bei Loulou allerdings ein großes Entzücken hervorruft. Ihre ausgelassene Freude gipfelt in einem Kuss, den sie Bappa direkt auf den Mund gibt, das Zeichen der Zärtlichkeit, auf das ich so lange gehofft hatte, klebt jetzt an ihm, diesem Liebesschmarotzer. Mein Bauch krampft sich schmerzhaft zusammen, der Kaffee schmeckt nicht mehr, ich bin kurz vor einem Heulkrampf, aber den beiden fällt nichts auf, sondern sie führen eine ausgelassene Unterhaltung über die Schönheit des Lebens. Ich möchte aufschreien: «Bappa, gerade du, der du mich in diesen Kessel aus gefrorener Scheiße geworfen hast, den man Leben nennt, du willst mir jetzt auch noch den Mantel abnehmen, der mich vor dem

Erfrieren rettet …!» Allein, ich bin zu schwach, um zu derartigen Maßnahmen greifen zu können.

Bappa zündet sich eine Gauloise an und bläst den Rauch in meine Richtung. Ein Hustenreiz überkommt mich und gleichzeitig spüre ich einen Fieberschub nahen. Ich möchte ihn darauf verweisen, dass hier ein Nichtrauchertisch ist, aber ich wage es nicht, zu groß sind heute sein Temperament und seine Lebenskraft und zu klein dagegen mein schwacher, müder Wille. Ich habe das Gefühl, mich übergeben zu müssen, und beschließe, nach Hause zu flüchten. Ich verabschiede mich förmlich, doch keiner der beiden bemerkt mein Gehen. Ich komme mir vor wie ein Schatten, während ich durch die kleinen Gassen des Künstlerviertels nach Hause wanke.

Dort angekommen, steige ich die steilen Stufen zu unserem Atelier hinauf und knalle die Tür hinter mir zu. Ich schmeiße den Mantel in die Ecke und öffne hastig eine Flasche Rotwein, deren erste Hälfte ich in einem langen Zug direkt aus der Flasche trinke. Das schafft Linderung, ich lasse mich direkt auf der Bank vor der Leinwand nieder und starre auf das weiße Nichts. Ich trinke noch einen Schluck, dann kommt es über mich: Der Körper geht zur Palette, die Hand nimmt den Pinsel wie von selbst, die Nase riecht am Öl, das Auge nimmt ungeduldig Maß, ich hyperventiliere und nehme den nächsten Schluck, um mich zu beruhigen.

Malen, es muss raus, lass es raus, die Farben schießen aus mir wie aus einem Penis, Farbe trifft auf Leinwand wie Sperma auf Haut, ein tiefer Rausch hat mich ergriffen, ich spüre keinen Schmerz mehr, es fließt durch mich hindurch, ich habe keinen Einfluss mehr auf das Geschehen. Ab und zu gehe ich ein paar Meter zurück und mustere das Werk, jedes Mal erkenne ich, dass es richtig ist, was ich tue. So lange hat der Schmerz sich angestaut, dass es jetzt kein Halten mehr gibt, der Damm ist gebrochen und ich bin Gott dankbar dafür, dass er mich in dieses Loch heruntergelassen hat, denn ich kehre mit einem Schatz wieder zurück ans Licht. Gegen Abend falle ich erschöpft zu Boden, ich habe drei Flaschen Wein getrunken und ansonsten nichts getan, außer zu malen, das Bild ist nahezu fertig, was für ein Tempo!

Ich rolle mich ein paar Meter rückwärts, dass ich dabei über den Boden rolle, ist mir total egal, und hocke mich in den Schneidersitz, um mein Werk betrachten zu können. Eine große Zufriedenheit durchströmt mich. Das Bild ist in einem saftigen Grün gehalten, das Wiesen und Natur symbolisieren soll. In der Mitte steht ein altes Reetdachhaus mit schönen Butzenfenstern. Das eine davon ist geöffnet und eine Oma und ein Opa lehnen sich behaglich heraus, um ins Bild zu schmunzeln. Der Opa raucht eine Meerschaumpfeife und die Oma streichelt eine schwarze Katze. Hinter dem Haus sieht man noch Kühe und einen Trecker. Die gesamte Komposition strahlt eine ruhige Urgemütlichkeit aus, sodass man am liebsten hineinspringen möchte. Ich bin glücklich und weiß, dass diese Vision auch andere Menschen berühren wird. Ich will es Loulou zeigen, sie wird bestimmt begeistert sein, vielleicht wird sie mich dann mit anderen Augen sehen, vielleicht kann sie dann meine wahre Tiefe erkennen.

Erschöpft schlafe ich auf dem Boden ein. Spät in der Nacht wache ich auf von dem Lärm, den Bappa macht, als er ins Atelier kommt. Er ist betrunken und singt weinselige Lieder. Fast stolpert er über mich, dann entdeckt er das Bild und bleibt davor stehen. Er lässt sich auf die Bank sinken, um es in aller Ruhe zu betrachten. Er mustert es sehr lange und dann nickt er wie zur Bestätigung. Er dreht sich zu mir und schaut mich ernsthaft an. Dann sagt er: «Es ist wundervoll, was für eine Idee, wie kraftvoll die Linie, wie sinnlich der Ausdruck … es ist ein großes Werk.»

Ich bin überglücklich und springe jubelnd und schreiend im Raum herum. Wir umarmen uns lange und schmusen wie verliebte Greise. Danach gibt Bappa den Anstoß: «Komm, lass uns weitermalen, lass uns eine Serie daraus machen!» Sofort und voller Elan beginnen wir neue Leinwände aufzuziehen. Dann krempeln wir die Ärmel hoch und malen. Wieder entsteht ein tiefer Rausch, wir trinken und umarmen uns immer wieder, wir schmeißen die Pinsel weg und malen mit den Zungen weiter, es ist eine Orgie der Kunst, die wir zelebrieren. Wir ziehen uns nackt aus und schmieren uns mit Farbe ein. Dann pissen wir auf die Leinwand und malen wieder drauf. Ich muss kotzen von dem Alkohol und erbreche mich auf das Bild, sofort nimmt Bappa diesen Impuls auf und malt aus meiner Kotze eine wunderschöne Wolke, das Ganze nimmt langsam Gestalt an. Wieder wird es ein Landschaftsbild und wieder taucht das Motiv der Großeltern auf, aber diesmal machen sie zusammen mit ein paar anderen Senioren einen Ausflug mit dem Auto. Sie sitzen an einem Tisch und trinken Kaffee, dabei schauen sie alle ins Bild und lächeln gemütlich.

Obendrüber hat Bappa eine Atombombe gemalt als Warnung und höchstwahrscheinlich zu Recht. Keiner von den Omas und Opas ahnt was von der Überraschung aus der Luft, die Bombe ist auch noch getarnt, mit einem Laken zugedeckt, sodass man sie nicht sehen kann. Doch auf dem Laken steht groß drauf, was drunter ist: «Hier ist eine Atombombe drunter und sie kann jederzeit losgehen!» Die Rentner können trotzdem nichts erkennen, denn das Laken hängt zu hoch und sie haben alle ihre Brillen im Heim vergessen.

Das Bild zeigt also Idylle, aber auch Gefahr und Spannung sowie Politik, eine sehr gute Mischung, etwas zum Wohlfühlen, aber auch Stoff zum Nachdenken. Dieses Werk ist so etwas wie unser Geniestreich, das begreifen wir intuitiv.

Manchmal bin ich zu schwach, um die Arme heben zu können, dann hebt Bappa mich hoch und führt meine Hand zu dem Punkt, an dem noch etwas fehlt. Manchmal schreien wir, um unseren Schmerz zu kompensieren, dann wiederum tanzen wir mit femininen Bewegungen herum und spielen Verstecker. Es ist ein geiler Reigen der Kreativität, der heute Nacht in dieses Haus eingebrochen ist, und erst im Morgengrauen schlafen wir völlig erschöpft, verdreckt und eingesaut in einer Mischung aus Farbe und Exkrementen vor dem Bild ein.

Als ich am nächsten Morgen erwache, ächzt die Scham wie ein alter Storch in meiner Psyche: Du hast die Grenzen der Nähe überschritten! Ich sehe Bappa vor mir am Boden liegen wie ein sinnliches Orakel der Physe, angeekelt wende ich mich ab, um ein Bäuerchen zu machen. Dann drehe ich mich aufgeregt zu den Bildern um, den Kindern der Kunst, die wir gezeugt haben, und sacke erleichtert in meine fragile Schale zurück: Die Bilder sind noch da, vor allem aber sind sie visionär und gut zugleich!

Wie einen nassen Sack schleppe ich Bappa zum Fenster unseres dritten Stocks und werfe ihn hinaus. Er hat seine Arbeit erledigt, er soll wie eine Drohne im Herbst aus dem Nest verschwinden und die Königin allein lassen. Er fällt mit dem Kopf auf den Pflasterstein und jault vor Schmerz, irgendwann – ich habe die Türen verschlossen – verschwindet er unter Flüchen.

Ich werfe mir schnell mein schwarzes Cape um und setze meinen großen schwarzen Schlapphut auf, sodass man mein Gesicht kaum erkennen kann. Dann eile ich zum Montmartre, überspringe die vollen Straßen mit einer neuen, ungeahnten Kraft und lasse mich an einem freien Tisch im Picadou nieder. Ist sie schon da, meine Blume des Südens, herrliche Loulou, Frau der Frauen, Kuh unter Kälbern? Spontan reime ich:

Die Oma von morgen liegt in dir verborgen
doch das ist mir ganz egal
das Baby von gestern aus andern Semestern
entspricht auch nicht meiner Wahl
ich sehe dich vor mir mit großem Entzücken
so unschuldig rein und zart
und geh auf die Knie bitte lass mich dich pflücken
oh Blume der Gegenwart.

Ich schreibe diese kleine Poesie auf eine Serviette und nehme mir fest vor, sie Loulou zu geben. Dann bestelle ich einen Schoppen und noch einen Schoppen. Ich habe mein langes Malerpfeifchen dabei, das ich mit mildem schottischen Pflaumentabak stopfe. Ich rauche selten, aber wenn, dann gut. Um mich herum sitzen viele andere Künstler, hier ist unser Treffpunkt, hier kommen sie alle hin. Ich sehe bereits Cesare Belzio, Marc André und August Beck, die an einem benachbarten Tisch einen Jour Fixe abhalten. Ihnen wird bald das Palavern vergehen, wenn ich erst mit den neuen Bildern herausrücke. Sie haben alle immer über mich gelacht, schon seit meiner ersten Ausstellung, auf der ich schöne antike Möbel mit Bauernmalerei verziert hatte. Ich hasse euch, dachte und fühlte ich inbrünstig, ich verachte euch wie die Sau den Regen, wie die Wurst den Schlachter, wie die Katze den Mann, der was gegen Katzen hat und sich deswegen immer etwas ausdenkt, um die Katze zu ärgern, zum Beispiel schneidet er ihr die Barthaare ab oder klebt ihr Walnussschalen an die Füße. Siegessicher lehne ich mich zurück und schmauche mein Pfeifchen.

Irgendwann höre ich das vertraute Quietschen der Reifen ihres Peugeots. Ich schrecke auf und sehe mich um. Da springt sie auch schon über den Platz, dass bei jedem Satz mein Herz mit abhebt, höher und höher hinauf, zieh mich mit hinauf in deinen Himmel, du Engel aus Sahnemeerrettich. Sie trägt ein elegantes Viertellanges in Aprikose und eine Perlenkette, die um ihren grazilen Hals liegt wie eine Natter um den Hals einer Antilope. (Was wohl eine Lope ist?) Ihre Mandelaugen brüllen vor Schönheit wie ein Affe. Überhaupt hat sie, so fällt mir jetzt auf, ganz oberflächlich – rudimentär sozusagen –, Ähnlichkeit mit einem Menschenaffen: Sie steht und geht aufrecht, an den Seiten des Rumpfes baumeln Arme mit Greifhänden dran, unten sind Füße und oben der Kopf mit all dem Krimskrams. Das ist schon sehr affenähnlich, aber eben viel schöner und normaler, eben typisch Mensch.

Ich winke ihr entgegen, sie winkt auch und bleibt ein paar Tische vor meinem stehen. Sie bückt sich und umarmt jemanden, küsst ihn zärtlich auf den Mund. Ich werde innerlich grün, fast platzen mir die Schläfen und die Tränensäcke. Benommen stehe ich auf, um mehr zu sehen. Dort sitzt er, mein Peiniger, der schwarze Vogel über meinem Haupt, er, der die Zügel meines Lebens lenkt wie ein tumber, böser Bierkutscher: Bappa. Meine Brust krampft sich zusammen, ein schwarzer Deckel fällt vom Himmel und tausend kleine Sonnen explodieren. Das ist das Ende.

Durch die Augenschlitze kann ich das fette, aufgedunsene Gesicht von Madame Bébé erkennen, sie ist Kaltmamsell im Picadou und mit ihrem Riechsalz stets schnell zur Stelle. Durch das Riechsalz hindurch hängt mir ihr schwerer Atem wie eine warnende Glocke des Krieges vor dem Gesicht. Ich mache abwehrende Handbewegungen, dabei verletze ich Bébé mit einem meiner scharfen, langen Fingernägel an der Nase. Kreischend schlägt sie mir ihre dicke, fischige Hand auf die Stirn und ich verliere erneut das Bewusstsein.

Ich erwache. Es ist dunkel und kalt und ich fühle mich wie eine Röhre voller Schmerz. Ich liege immer noch am Montmartre, jemand hat mich in eine Ecke gezogen und dort abgelegt. Ich schaue an mir herunter und bemerke, dass ich nackt bin. Nur das alte Leinenhalstuch hat man mir gelassen, beraubt und gedemütigt haben sie mich weggeworfen wie eine sinnentleerte alte Hülle. Ich kann mich kaum bewegen, die Knochen sind steif, Tränen steigen mir in die Augen und lassen meine Umwelt zu einer Hamiltonfotografie zerfließen. Ein räudiger Hund nähert sich und schnappt nach meinem Ohr. Ich schreie auf, kann gerade noch erkennen, dass es Bappas Köter Flic ist. Dann versinke ich wieder in vollkommene Finsternis.

Ein kraftstrotzendes Gesicht schaut mich aufmunternd an. Bappa, wer sonst. Ich liege zu Hause auf meinem Bett, Kerzen brennen, hinter Bappa entdecke ich Loulou. In meine grenzenlose Schwäche bricht ein Gefühl von heftiger Zärtlichkeit, gepaart mit einem peinvollen Stich der Eifersucht. Schwach höre ich meine Stimme wispern: «Loulou, wie schön, dass Sie hier sind.»

Lächelnd kommt sie näher und beugt sich über mich. «Wird schon wieder», sagt sie unromantisch. Ich bemerke, dass ich einen Verband um den Kopf trage. «Was ist mit meinem Kopf?», frage ich leise, aber voller Schreck. – «Flic hat dir ein Ohr abgebissen», meint Bappa halb belustigt, halb mitleidig. Ich kippe innerlich aus wie ein Glas Wein. «Man konnte es leider nicht wieder annähen, es tut mir Leid, mein Junge, na ja, aber zum Glück bist du wenigstens wieder bei Bewusstsein, sieben Tage hast du dort in tiefer Ohnmacht gelegen. Docteur Simeon hatte dich bereits aufgegeben, aber ich habe gesagt, nein – der bleibt hier, bis er wegkommt.»

Ich schaffe es mit dem armseligen Restchen an Kraft, das meinem ausgemergelten Körper noch geblieben ist, den Kopf ein paar Zentimeter anzuheben, um mich im Atelier umzuschauen. Instinktiv sucht mein Blick nach den Bildern, sie allein sind mir noch wichtig, aber ich kann sie nicht entdecken. «Wo sind sie?», flüstere ich Bappa fragend zu. Ein starker Hustenkrampf fährt durch meine Tbc-geschwächten Glieder. «Ich musste sie verkaufen, wir hatten kein Geld mehr», antwortet Bappa unbekümmert. «An wen hast du sie verkauft?», tönt das Lebensquäntchen geisterhaft aus mir, während ich, mit dem Schlimmsten rechnend, innerlich bereits den Kahn besteige, um über den Jordan zu rudern. «Ich habe den ganzen Schmand an ein volkstümliches Wandertheater verkauft, die brauchten noch Kulissen für einen Familienschwank und haben uns ein paar Francs für das Zeug gegeben, gut war's eh nicht …», meint er lapidar.

Es dauerte Monate, bis ich mich von dem Schock erholt hatte. In der Zeit schrieb ich viel. Ich hatte beschlossen, die bildende Kunst ganz hinter mir zu lassen, und beschäftigte mich stattdessen mit den Naturwissenschaften und der Prosaschreiberei. Oft fuhr ich nach Marseille ans Meer, denn das Wasser zog mich magisch an, und bei einem alten Mann erlernte ich die Schwimmerei. In kürzester Zeit wurde ich zu einem begeisterten Hobbyschwimmer und immer öfter begleitete mich auch Bappa bei diesen Ausflügen. Sein Verhalten mir gegenüber war auffallend zuvorkommend und ich begann, ihm zu verzeihen. Um mir zu zeigen, wie viel ihm an der Familie und unserer Beziehung gelegen war, verließ er sogar Loulou. Das fand ich toll von ihm, das war so eine kollegiale Geste, prompt schenkte ich ihm dafür einen schönen Kieselstein, den ich am Strand gefunden hatte.

Der Ozean. Wir begannen, uns ernsthaft mit dieser unbekannten Welt zu beschäftigen, und innerhalb von zwei Jahren wurde das Schwimmen für uns zur obersten Priorität. Dann kamen wir auf die Idee, unser Hobby zu unserer Berufung zu machen, und beschlossen, auf eine wissenschaftliche Reise zu gehen, deren Mittelpunkt das Wasser sein sollte. Aber wir wollten mehr als einen kleinen Schwimmausflug unternehmen, viel mehr, wir wollten bei dieser Forschungsreise nicht nur die Tiere über der Wasseroberfläche beobachten, sondern auch die darunter. Kurz gesagt, wir hatten die verrückte Idee, die Expedition ganz und gar unter Wasser durchzuführen, in ein fremdes Universum vorzudringen, was mochte uns dort wohl erwarten?

EXPEDITION INS REICH DES WASSERS

Wasser, dieses durchsichtige erotische Nichts, das man nicht fassen kann, das aber doch da ist, das man nicht schmecken kann, aber doch trinken, das man nicht halten kann, obwohl es einen umhaut wie mit flüssiger Faust. Dieses Negligé, das Gott über die nackte Erde gelegt hat und auf dem wir im Verhältnis so klein sind wie ungefähr 1,64.

Nur zur allgemeinen Information: Das Wasser war schon auf der Erde, lange bevor die ersten Menschen an Land krochen, und es wird auch noch lange nach uns bleiben, denn Wasser ist der geheime Herrscher dieses Planeten. Wasser ist ein Spiegel der Seele: mal klar und rein, mal trübe und stinkig wie dreckiges Wasser.

Ohne Wasser gäbe es sehr wahrscheinlich gar kein Leben auf der Erde, geschweige denn eine andere Lebensform. Wasser ist der Treibstoff in dem Motor, den wir Leben nennen. Beispiel: Der Mensch selber besteht bis zu dreißig Prozent aus Wasser, der Rest sind Fleisch, Knochen und Körperorgane wie Muskeln oder Beine. Da kann man sich unschwer vorstellen, was für eine Lebensvielfalt erst recht unter der Wasseroberfläche herrschen muss, quasi im Brutkasten der Erde. Einige dieser Lebensformen kennen wir ja bereits von unserem Mittagstisch, nämlich den ordinären

Bratfisch und die Miesmuschel. Der Fisch ist dem Menschen seit Jahrtausenden bestens bekannt, er ist sozusagen der stumme, treue Begleiter des Homo sapiens, der Hund unter Wasser. Darum kann er bei Wissenschaftlern nur noch ein müdes Gähnen hervorrufen, zu oft lag er schon tot auf dem Teller, im schlimmsten Falle ohne Panade, sodass sein ganzes nacktes, vulgäres, fischiges Auftreten sofort jeden Mundhunger versiegen lässt. Die Muschel hingegen ist ein langweiliges Tier, das seine wortlose Ödheit unter einer kalkigen Schale verbergen möchte. Da sie vollkommen unkommunikativ ist, erübrigt sich auch jeder Versuch, mehr über sie herausbekommen zu wollen.

Aber was versteckt sich noch da unten? Was ist da noch unter der Oberfläche der großen Pfütze, die wir mit Spitznamen Meer nennen?

Wir sind nach einer herrlichen, ruhigen zweitägigen Überfahrt von Frankreich nach Deutschland mit unserem Motortrawler – der «Kontiki» – wohlbehalten in Sylt angekommen und machen dort am Hafen fest, um die Vorräte zu überprüfen.

Sylt als Expeditionsstandpunkt wurde von Bappa ausgewählt, denn zum einen besitzt die Insel eine hervorragende Infrastruktur, gerade auch nachts, und zum anderen würde die geringe Wasserhöhe des Wattenmeeres ein überschaubares Risiko für unser Leben darstellen. Konkret könnte man sogar ohne Beatmungsgeräte und Hilfsmittel tauchen, bei dem Zustand, den sie hier Ebbe nennen, bräuchte man sich dazu nur auf die Knie fallen zu lassen und sei schon auf dem Meeresgrund. Kaum zu glauben, dachten ich und die Jungs aus der Mannschaft, aber wir verließen uns blind auf Bappas wissenschaftliches Gespür.

Die Nacht in Westerland genießen wir sehr, wissen wir doch, dass dieses für lange Zeit unser letzter Aufenthalt am Festland sein wird. Bappa als unser Kapitän und Leiter feiert am ausgefallensten und führt uns durch all die urgemütlichen Schwofkneipen, die dieses witzige Fleckchen zu bieten hat.

Am nächsten Morgen geht es früh raus und um acht Uhr werden die Leinen gekappt, um unser erstes Ziel anzuvisieren. Wir haben beschlossen, ein paar hundert Meter hinauszufahren und dann mit dem ersten Tauchgang zu beginnen. Das Wasser, wir messen es mit dem Tiefenlot, ist dort etwa viereinhalb Meter tief, das ist sehr tief und wir fragen uns, ob es irgendwo noch tiefere Stellen im Ozean gibt. Wir sind hier, um es herauszufinden.

Bappa selbst und ich machen uns fertig und steigen in die eigens gefertigten Anzüge, um uns hinabsinken zu lassen. Auf ein Kommando springen wir beide von Bord. Das Eintauchen ist erschreckend, zuerst denkt man, man bekäme keine Luft mehr und man schreit und zappelt wie eine mittelalterliche Magd, aber das vergeht ziemlich schnell. Das Hinabtauchen kommt uns vor wie eine Neugeburt, es ist vielleicht das Schönste, was ein Mensch erleben kann, das Einzige, was ich mir noch wahnsinniger vorstellen könnte, ist, mit einem Gummiseil von einer Brücke zu springen, aber das ist ja total utopisch.

Vorbei geht es an Litern und Aberhunderten Litern von Wasser, wie in einem Rausch, Bratfische schwimmen vorbei, als wenn sie fliegen könnten, und durchsichtige Matschgebilde sind überall zu sehen. Sie sind sehr zutraulich und schwimmen nicht weg, wenn man sich nähert. Sie haben lange Fäden untendran und machen einen entspannten und intelligenten Eindruck auf uns, wie Wesen aus einer anderen Sphäre. Lange beschäftigen Bappa und ich uns mit ihnen, versuchen, durch Zeichensprache eine Art Kontakt herzustellen, aber wir können das komplizierte Wedeln ihrer Fäden, das wie zufällig wirkt, nicht decodieren. Ich sehe durch Bappas Frontscheibe, wie aufgeregt er ist, und bin froh, die Kamera mit nach unten genommen zu haben, um alles festzuhalten. Wir beschließen, eines der Wesen später vorsichtig mit einem Netz einzufangen, um es zu Untersuchungen mit nach oben zu nehmen.

Dann sinken wir weiter. Irgendwo da unten kann ich den Meeresboden entdecken, es sind sicherlich noch zwei bis drei Meter. Ein bisschen Angst verspüren wir schon, aber auch eine große Neugier. Bodenkontakt, die erste Berührung mit der Erde dieses feuchten Gartens Eden. Überall sind die verschiedensten Lebensformen zu sehen, es wimmelt sozusagen nur so von Kreaturen. Dort sind flache Fische, die sich auf den Boden drücken, um unerkannt ihren fischigen Geschäften nachzugehen, normale Pfannenfische, aber auch kleine Fische, wie wir sie nicht vom Essen her kennen.

Auf einmal fallen von der «Kontiki», die man noch an der Wasseroberfläche schaukeln sieht, ein paar braune klumpig-längliche Würste ohne Gliedmaßen zu uns herab, wir umrunden sie staunend. Wir vermuten, dass sie in dieser kooperativen Gesamtschule des Meeres zu den Realschülern gehören, denn sie machen einen durchschnittlich plietschen Eindruck und sind – wie man aus ihren schunkelnden Bewegungen ersehen kann – von ausgelassenem Temperament. Sie schwimmen zielstrebig auf den Boden zu und bleiben dort aufeinander liegen. Wahrscheinlich dürfen wir gerade einem ersten Paarungsakt dieser unbekannten Spezies beiwohnen und so schalten wir schnell die Kamera ein. Die beiden Geschöpfe bewegen sich aber nicht mehr, und schließlich wollen wir weiterziehen. Vorher versuche ich noch, eine kleine Materialprobe von dem oberen Wesen, mutmaßlich dem Männchen, zu entnehmen, und das lässt es sich ohne Anstalten gefallen. Ich werde es später an Bord untersuchen.

Wir beobachten die Fauna um uns herum und uns läuft

das Wasser im Munde zusammen. Die Helme sind wohl nicht ganz dicht. Dann auf einmal ein Schatten. Etwas Großes nähert sich von oben, instinktiv nehmen Bappa und ich Tarnhaltung an, wir buckeln, machen uns klein und starr, wie man das vom Igel her kennt. Ich kann eine Art großen Zylinder erkennen, der in unsere Richtung gleitet, einen Sack mit Flossen an den Seiten und einer Schnauze vornedran. Das bedrohliche Wesen schwimmt um Bappa herum und beäugt ihn mit kleinen schwarzen bestialischen Augen. Es hat einen kräftigen Fischschwanz und Borsten an der Nase, man könnte sagen, die vordere Hälfte sieht aus wie von einem Tier und die hintere wie von einer Meerjungfrau, deswegen nenne ich das Wesen auch Tierjungfrau. Ich ziele mit der Harpune und schieße sie im richtigen Moment ab. Das Vieh zuckt zusammen und dreht sich um die eigene Achse, als ginge es um Leben und Tod, dann sinkt es zu Boden. Bappa macht einen sehr erleichterten Gesichtsausdruck, ich gebe ihm Handzeichen zur Annäherung an die tote Bestie. Skeptisch stoße ich mit der Harpunenspitze gegen den Rumpf des ca. eineinhalb Meter großen Kolosses. Das Biest rührt sich nicht mehr, befreit und vergnügt schwimmen wir weiter, wir wollen nichts wie weg von dieser faulen Stelle unseres Forscherparadieses. Forscher wollen positive Sachen entdecken, nicht Säcke, die man mit Harpunen abschießen muss, so was geht doch mit Forschern nicht.

Wir schauen uns etwas genauer um, der Boden hier unten ist mit feinem Sand bedeckt, etwa wie der Sand an einem Sandstrand. Von dort sieht die Wasseroberfläche aus wie ein ferner, brüchiger Himmel, so muss es für die Fische aussehen, wenn sie nach oben schauen. Unser Boot schwebt da wie ein dunkler Planet, ein Mysterium aus angstverschwitzten Fischträumen.

Vor uns tauchen ein paar erstaunliche Wesen auf, die sofort unser starkes Interesse erwecken: Sie sehen aus wie

Menschen und bewegen sich auch ähnlich, ja, sie tragen sogar spärliche Kleidungsstücke – eine Art primitive Wassermode vielleicht – um die Lenden und die Brust. Das Verblüffendste aber sind ihre Gesichter. Da, wo wir einen Mund haben, tragen sie eine Art bunten Rüssel, der nach oben zeigt. Sie haben ein großes ovales Auge, das fast das ganze Gesicht bedeckt und uns Angst macht. Ihre Füße sind zu langen, kräftigen Flossen mutiert, wir vermuten, dass es sich hierbei um eine Unterwasserabspaltung des Homo sapiens handelt, sozusagen der Homo ozeanus. Als ich mit der Harpune auf eines der Wesen ziele, verschwinden sie aufgeschreckt, sie scheinen also durchaus vernunftbegabt zu sein, wir beschließen, später eines einzufangen.

Bappa gibt mir ein Zeichen zum Wiederauftauchen, schnell und geschickt fange ich eines der matschigen Wesen in einem Netz und wir lassen uns nach einem Signal an unseren Luftschläuchen nach oben ziehen. Zurück geht es wieder vorbei an den altbekannten Wassermassen, bis wir wie dumme Kinder die Oberfläche durchbrechen. Unsere Mannschaft schaut gespannt von der Reling zu uns hinab, triumphierend reiße ich das Netz mit dem Matschgebilde aus dem Wasser und schwenke es hin und her. Dabei geht das ganze Wesen kaputt und fällt in glibbrigen Klumpen durch die Netzporen ins Wasser zurück. Alle schauen betreten und ich selber kriege im gleichen Augenblick starke Gewissensbisse, habe ich doch durch meine Unachtsamkeit eine wahrscheinlich hoch entwickelte Kreatur sinnlos zerstört. Ich schreie vor Verzweiflung und trommle mit den Fäusten auf meinen Kopf ein. Ich kann es nicht ertragen. Bappa reißt mir den Helm herunter, denn dieser hält die Schläge zurück, und nun kann ich mich abreagieren, bis der Schmerz mir Ruhe verschafft. Nachdem ich mich ein wenig beruhigt habe, bin ich wieder genug bei Kräften, um weiterzuschreien. Ich raufe mir die Haare und schmeiße mich an

Deck auf die Knie, um die Stirn auf den Boden zu werfen, bis sie blutet. Bappa will mir in nichts nachstehen, er solidarisiert sich und schlägt seinen Kopf kreischend gegen den Mast, bis er ohnmächtig wird.

Am nächsten Morgen werden Bappa und ich etwas unsanft von Onkel Schoffo geweckt. Er ist unser erster Maat, und weil er so starke Alkoholprobleme hat, fahren wir ungern weiter als fünfhundert Meter vom Land weg. Onkel Schoffo hat wieder seinen Jeansanzug an und schwenkt eine halb volle Flasche Apfelkorn, während er immer wieder ohrenbetäubend «Aufstehen!!!» grölt. Dann fällt er hin und schläft sofort ein.

Bappa und ich haben einen starken seelischen Kater von gestern und nur mühsam quälen wir uns an Deck. Aber sobald wir in den Anzügen stecken und von der Reling springen, ist der Schmerz vergessen, erneut umgibt uns das Reich des Wassers. Wir finden es so schön und gemütlich da unten, dass wir beim nächsten Auftauchen beschließen, dort eine Hütte zu bauen. Die nächsten drei Tage verbringen wir damit, unser kleines Domizil zu errichten. Am Morgen des vierten Tages sind wir fertig und planen eine kleine Einweihungsfete. Wir schnappen uns ein paar Möbel und gleiten zu sechst hinunter, Bappa, Onkel Schoffo, Jacques – ein erfahrener Medientaucher –, Gilbert, unser Mechaniker, Madame Fifi, eine abgetakelte Fregatte, die sich ihren Lebensabend als Köchin auf Ausflugsbooten verdient, und ich. Unten angekommen, beäugen wir stolz unser Bauwerk. Es ist eine süße kleine Hütte geworden, errichtet aus einem Fertigbausatz, den wir zufällig dabeihatten, mit richtigen Fenstern und einer Tür.

Da wir uns aufgrund der Taucheranzüge weder unterhalten noch mit einem Glas Sekt anstoßen können, setzen wir uns auf die mitgebrachten Stühle und gucken erst mal. Die Tür steht offen, und da ich das ungemütlich finde, weil die

Bratfische in unsere Bude reinstarren, schließe ich sie. Dann sitzen wir wieder da und gucken. Manchmal verändert einer von uns die Stellung, aber alles in allem bleiben wir so, wie wir sind. Es wird ein herrlicher Tag und wir bleiben bis zum Abend sitzen. Als wir für die Nacht hinauftauchen, fühlen wir uns wunderbar entspannt und erzählen den anderen begeistert von unserem tollen Erlebnis. Die anderen schreien und klatschen, als sie das hören, aber dann geht's auch schon ab in die Koje – morgen ist wieder ein anstrengender Tag.

Am nächsten Morgen stellen wir fest, dass wir uns jetzt etwas mehr um die Kontaktaufnahme zu den Unterwasserwesen kümmern sollten. Zuallererst wollen wir eines der matschigen Wesen vorsichtig nach oben holen, um es der ganzen Mannschaft vorzuführen. Die zweihundertfünfzig Seeleute sind begeistert. Wir fertigen dafür eigens eine Art Glasvitrine an, sie ist eckig und besteht aus Glasscheiben. Bappa lässt sich alleine hinunter und kommt nach kurzer Zeit mit einem stattlichen Exemplar dieser aufregenden Spezies wieder nach oben. Behutsam hieven wir die Vitrine an Bord und stellen sie auf dem Wandeldeck auf. Staunend wird der Kasten von den Matrosen umringt, so etwas Witziges haben sie noch nie gesehen. Alle winken und gestikulieren wild, um bei dem Matschwesen eine Reaktion zu provozieren, aber es bleibt gelassen und wedelt nur geheimnisvoll mit den blauroten Fäden.

Wir beschließen, dass einer von uns ohne Anzug in die Vitrine steigen soll, um einen ersten Körperkontakt herzustellen. Onkel Schoffo schlägt vor, erst einmal eine Flasche Korn in das Wasser zu kippen, vielleicht, so meint er, würde das Wesen dadurch positiv gestimmt und kontaktfreudig. Diese Idee leuchtet ein, aber auch nach der zweiten Flasche wird die Gestik der Kreatur nicht verständlicher, sie scheint sogar eher nachzulassen. Nun soll Jacques, der für Tiere eine grüne Hand hat, in den Kasten klettern. Jacques steigt, nur mit einer Badehose bekleidet, in das ca. 40 mal 40 Zentimeter große Bassin. Er muss sich richtig quetschen, um hineinzupassen, dabei gerät er in Kontakt mit der Kreatur. Schreiend springt er aus dem Wasser und schlägt an Deck auf. Sein linker Unterarm und das Gesicht sind rot und schwellen schnell und pustelig an.

Irgendetwas ist passiert, das spüren wir Umstehenden intuitiv. Jacques ist außer sich vor Zorn und schnappt sich einen Schrubber, mit dem er auf die Vitrine einprügelt. Wir begreifen, dass wir zu ihm halten müssen, dass, wenn es hart auf hart und Spezies gegen Spezies geht, unsere Seite klar ist. Wir treten mit aller Kraft gegen den Glaskasten, brüllen vor Wut und werfen Sachen hinein. Das Matschding ist in Sekundenschnelle zu unserem Todfeind Nummer eins geworden. «Komm doch raus, du Sau, wenn du dich traust!» und «Scheiß auf Matschwesen!!!» wird da aus allen Ecken aggressiv gerufen.

Als die Vitrine kaputtgeht, bleiben alle einen Moment wie erstarrt stehen, eine Sekunde der Angst, wir erwarten, dass diese Bestie aufspringt und uns anfällt, aber sie bleibt liegen. Da bricht der Bann und brüllend springen wir alle auf das Biest, um es endgültig zu Brei zu zertrampeln. Das ist die Rache von Menschen. Danach geht es uns allen schon bedeutend besser. Uns ist gründlich die Lust vergangen auf diese beschissene Unterwassersache und wir legen sofort ab, denn wir sind fertig mit dem Thema.

Den Rest des Urlaubs verbringen wir in Westerland, Onkel Schoffo kennt da noch ein paar ulkige Figuren.

Während die anderen auf Sylt total versackten und die gesamte Expeditionskohle versoffen, zog ich mich immer mehr zurück, ich war angewidert von dem rüden Gebaren, das Bappa mit dem Rest der Mannschaft an den Tag legte.

Ich erkannte, dass ich es nur punktuell, also für kurze Zeiträume, mit ihm aushielt, ich war ihm einfach zu nahe, kannte seine Macken und Marotten, ich begriff intuitiv, dass ich diese Ketten des Blutes sprengen musste, wenn ich ein eigener Mensch werden wollte.

Ich beschloss zu gehen, abzuhauen, mich erneut treiben zu lassen.

Ich wollte allein sein in Deutschland. Dieses große Land, von dem man in der Bierwerbung immer wieder hört, dass es so schön sei, wollte ich von Auge zu Auge kennen lernen, mal ganz intim mit ihm sein, mal ganz privat. Speyer, Worms und Münster … Sie wissen, was ich meine. Martin Luther, Götz von Berlichingen, dem Rheinfall lauschen – Geschichte atmen. Und vor allen Dingen: Bonn. Einmal Bonn erleben dürfen. Diese Metropole der Macht, dieses Mekka der Mächtigen, diese prächtige Stadt im Herzen des Landes loben lernen.

Tagelang wanderte ich durch Bad Godesberg auf der Suche nach den Klingelschildern, die zu den Klingeln gehörten, die, wenn man sie läutete, jemand in Bewegung setzten, der ansonsten die Welt in Bewegung hielt. Sie wissen, was ich meine, eine kleine Utopie, das Gefühl, am Zeitgeschehen teilzuhaben, das Gefühl, ein wenig an der Geschichte mitgestrickt zu haben, allein dadurch, auf diesen Knopf gedrückt zu haben, dessen Ton für seinen Besitzer so unwiderstehlich ist, dass der sein derweiliges Handeln unterbrochen hätte und dem Ton, also mir, gefolgt wäre. Ich klingelte bei allen Namen, die mir prominent genug vorkamen, in diesem Fall musste ich auf Quantität setzen, blind hoffend, dass ein Treffer dabei sein würde. Nach dem Klingeln versteckte ich mich immer schnell und luscherte aus meinem Versteck, wer denn wohl an der Tür erscheinen würde. Wenig Erfolg hatte ich bei Mehrfamilienhäusern, aber bei den Villen war schon der eine oder andere Klops dabei. Einmal erwischte ich tatsächlich einen Großen, und zwar den Barzel von der CDU, und da konnte ich mir nicht verkneifen zu schreien: «Barzel ist ein Idiot!» Denn ich war ja total links, also SPD/FDP-mäßig drauf damals. Aber dann stellte sich heraus, dass das gar nicht der Barzel war, sondern irgendein Typ, der auf FDP stand, und mit dem habe ich dann noch ein bisschen geplaudert und einen gemütlichen Abend bei einem guten Rosé verbracht.

Na ja, das mit dem Geklingele war ja auch nur so 'ne vorübergehende Macke, irgendwann habe ich das dann natürlich gestoppt, vor allem auch, weil mich die Polizei wiederholt festgenommen hatte. Man wollte, dass ich die Stadt verlasse, so teilte man mir mit, und so ging ich weg, fuhr einfach weiter. Ein wenig Frankfurt, alte und neue Frankfurter Schule, eine Romanze mit München – zünftig und sauber –, eine Affäre mit Berlin – Hure mit Herz – und dann Hamburg – spröde Matrosenbraut am Wasser –, hier zog es mich hin, hier blieb ich hängen und hier sollte eine weitere wichtige Episode meines Lebens stattfinden.

DIE HAMBURGER SCHULE
EINE DEUTSCHE GESCHICHTE

Ich weiß noch genau, wie alles anfing. Das war so um 1987 rum und ein paar von uns hingen ständig im Schanzenviertel ab, abends oft im Restaurant Goldener Stern am Pferdemarkt. Meistens war der Mann dabei, der für uns eine Art Vatergestalt geworden war und den wir zärtlich Hilsberg nannten: Alfred Hilsberg.

An einem Abend im November 89 waren wir mit ca. zehn Leuten incl. Hilsberg im Goldenen Stern, um über die Perspektiven zeitgenössischer Popmusik unter Berücksichtigung politischer Aspekte zu reden. Außer Hilsberg waren anwesend: Tobias Levin (Cpt Kirk &), Knarf Rellöm (damals noch bei Monkey Men), Lars Greve und Mathias Halfpape (beide von Selig), Andreas Dorau (Fähnlein Fieselschweif), Jochen Distelmeyer (Blumfeld), Frau Rabe (Goldene Zitronen), Kerstin & Sandra Grether (Zillo, beide das erste Mal in Hamburg) und Alf Burchardt (Goethes Erben). Meist ging es drunter und drüber bei uns und wir redeten uns die Mäuler wund über jedes noch so kleine Thema, wir waren einfach jung und voller romantischer Ideen. So war es auch an diesem Abend, elf junge Leute schwatzten aufeinander los und ein Alter saß schmunzelnd, aber auch nachdenklich daneben und beurteilte die entstehenden Kopfgeburten. Meist rauchte unser Hilsberg dabei sein Pfeifchen, was die Gemütlichkeit der Atmosphäre steigerte, und hin und wieder gab er uns allen eine Runde Tee aus.

Tobias Levin und Frau Rabe hatten gemeinsam einen Diskussionsblock gebildet und verteidigten vehement die Ansicht, dass es unmöglich sei, bei der Plattengroßindustrie zu unterschreiben und gleichzeitig seine künstlerische Integrität zu wahren, geschweige denn die eigene Kunst, denn diese sei schon allein durch den Gedanken an ein solches Geschäft benetzt mit ebendiesem Gedanken und nicht mehr eine Kunst, die nur dem Impuls, also der absoluten künstlerischen Freiheit, folgen würde. Andreas Dorau und die Jungs von Selig schrien dagegen an, dass es vollkommen egal wäre, was für ein Impuls was für einen Effekt auslösen würde, Hauptsache wäre ja wohl einzig und allein, dass das Ergebnis gut sei, und wenn sich das dann auch noch verkaufen und viele Leute erreichen würde, was wäre dann daran auszusetzen?

Jochen saß oft schweigend daneben und dachte nach. Er war ein bisschen unser Sonderling, professoral zerstreut und gleichzeitig sehr überlegt, verbrauchte er seine meiste Energie zum Reflektieren, während er als Einziger von uns immer einen Likör vor sich hatte. Er linste uns durch die dicken Gläser seiner Nickelbrille an und schließlich gab er einen Satz von sich, der ungefähr wie folgt geklungen haben dürfte: «Weg ist klar, Zeitpunkt ist klar, Ziel ist klar, die Zeit der Grabenkämpfe ist vorbei, wir müssen unsere sensitive Produktivität bündeln, intellektuelle Zärtlichkeit kann als Waffe ungemein klärend wirken, legen wir uns auf den Bogen und schießen uns selber ab!»

Oft waren solche Aussagen zu allgemein gehalten, wir ließen sie ein paar Sekunden sacken, dann gingen wir zum nächsten Tagespunkt über. Erst heute wünsche ich mir, wir hätten damals ein bisschen besser hingehört und ein bisschen genauer darüber nachgedacht, was uns da präsentiert wurde, ich fürchte, wir hätten uns viele Umwege ersparen können.

Und jedes Mal, wenn so ein kleiner Sturm der Ignoranz über Jochen hinwegfegte, bestellte er sich einen neuen Likör, der ihn ruhig machte. Er sollte lernen, das Beste für sich zu behalten. Hilsberg folgte dem Geschehen interessiert, während er an seinem Kamillentee nippte. Irgendwann, nachdem Jochen wieder mal mit einem seiner Aphorismen ignoriert worden war, bat der Alte um Aufmerksamkeit.

«Freunde», sagte er in väterlichem Ton, während er seinen reifen Körper erhob, «Freunde, ich mag euch und ich muss euch sagen, ihr verschenkt zu viel Kraft. Ihr verschwendet sie gegen euch selbst statt gegen eure Feinde. Hört euch genau an, was Jochen zu sagen hat, begreift es, es geht um Einigkeit. Es geht um sozialdemokratische Prinzipien, wie sie zu Brandts Zeiten noch gepflegt wurden, um eine gemeinsame Stoßrichtung, darum, mit kleinen Mitteln große Ziele zu erreichen. Ihr müsst euch ein Programm überlegen und einen eigenen Namen.»

Zustimmendes Raunen in der Runde, während Hilsberg

sich wieder setzte. Dann erfolgte eine lange Debatte über Programm und Namen der kleinen Gruppe. Über programmatische Inhalte konnten wir zu keinerlei Klarheit gelangen, deswegen wandten wir uns der Namensgebung zu. Die Ideen überstürzten sich, ich kann an dieser Stelle nur einige wiedergeben. Ich glaube, von Selig kam die Idee «P.O.F.» (Pop Armee Fraktion), Tobias Levin schlug «Fresci Tedesci» vor, was so viel heißen soll wie «frische Deutsche», Frau Rabes Idee war «die Horde» und Dorau warf «Füchschenbau» in die Runde. Wir merkten rasch, dass wir nicht auf der richtigen Spur waren, und richteten unseren Blick irgendwann erwartungsvoll auf Hilsberg. «Damit müsst ihr schon selber fertig werden», meinte er und blickte auf Jochen. Durch den Blick ermutigt, brachte Jochen seinen Vorschlag: «Was haltet ihr von ‹Die Hamburger Schule›?»

Wir alle waren spontan begeistert und klopften mit den Knöcheln auf den Tisch. «Gut, das soll euer Name sein, jetzt braucht ihr noch Vereinsstatuten und eine Kleiderordnung», meinte Hilsberg. Für die Statuten brauchten wir Stunden, aber wir kriegten sie tatsächlich fertig, hier ein paar Auszüge:

1) Die «Hamburger Schule» ist eine nichtkommerzielle Vereinigung, die einzig der kritischen Referenz von Kultur verpflichtet ist.

2) Die Mitglieder dürfen sich bis zu ihrem Austritt keinem anderen Verein ähnlichen Charakters anschließen.

3) Die Treffen finden wöchentlich zu festen Zeiten statt, einmal im Monat wird die «Werkschau» veranstaltet, in der jedes Mitglied seinen derzeitigen künstlerischen Standpunkt zur Überprüfung bereitstellt.

6) Regelmäßige Besuche von kulturellen Veranstaltungen sind Pflicht und werden von einem «Kulturgremium» festgelegt.

8) Es besteht Parteipflicht über den Stand der Inhalte der «Ham-

burger Schule», jeder Bruch wird von einem «Maßnahmengremium» geahndet.
10) Diskurs ist zentrale Lebenspflicht ...

und so weiter und so fort.

Es waren strenge Regeln, die wir uns damals auferlegten, Regeln, die uns als kritische Demokraten zu einer aufgeräumten Klarheit führen sollten. Wir dachten tatsächlich, wir könnten die Welt und vor allem das Land, in dem wir lebten, verändern. Wir hatten aus dem Scheitern außerparlamentarischer Organisationen gelernt und versuchten nun, mit Demokratie für Demokratie zu arbeiten. Als wir an diesem Abend zu einer Einigung kamen, lag ein Hauch von Hysterie in der Luft, wir wussten, dass unsere Angelegenheit jetzt mit einem anderen Ernst erfüllt war, und wir fühlten uns zum ersten Mal richtig erwachsen.

Die Zeit am Anfang war recht schwer, die neuen Regeln stellten sich als sperrig und etwas deutungsbedürftig dar und es bedurfte einiger Veränderungen, um sie für das tägliche Leben gebrauchsfertig zu schnitzen. Vor allem die Jungen und ganz Jungen unter uns hatten mit dieser mönchsähnlichen Lebensweise ihre Probleme. Kurz vor Weihnachten 1990 hatten wir «Werkschau» im Goldenen Stern. Es waren alle Mitglieder anwesend, zu dieser Zeit bestanden wir aus ca. zwanzig Personen. Jeder hatte etwas dabei, eine These, einen neuen Song, ein Bild, einen Standpunkt. Irgendwann kam unser Szenebenjamin an die Reihe, seine Produkte vorzuzeigen, der Jüngste in der Gruppe: Schorsch Kamerun, der so ein bisschen der Nachzügler war und von allen verhätschelt wurde. Er hatte sich augenscheinlich nicht vorbereitet und fing an, sich über die strengen Regeln aufzuplustern. Besser gesagt: Er schimpfte wie ein Rohrspatz von wegen, das sei ja wie in der richtigen

Schule und er habe keine Lust, jetzt kurz nach dem Abi schon wieder Hausaufgaben machen zu müssen, und die Regeln kämen ihm auch vor wie in einem Kleingartenverein. Wir guckten uns an, alle hielten die Luft an, aber schließlich prustete irgendjemand los, und dann konnte sich keiner mehr zurückhalten und wir brachen alle in schallendes Gelächter aus. Er war aber auch zu witzig – der Kleine – und es war ja auch in Ordnung, dass er mal ein bisschen aus seiner Haut platzte, war er doch quasi noch ein Halbstarker. Nachdem wir uns zu Ende amüsiert hatten, erklärte Bernd Begemann unserem Küken, wie wichtig solche Regeln für ein Erwachsenenleben im Verein sein können, und das sah «Little Schorsch» – wie ihn Hilsberg nannte – dann auch ein. «Der Verein ist dein Leben!», sagte Bernd trefflich und wir klopften auf den Tisch.

Danach präsentierten wir uns gegenseitig unsere neuesten Machwerke. Zufälligerweise habe ich noch eine Story aufbewahrt, die ich für diesen Abend vorbereitet hatte:

Fragmente der Angst

5 Uhr morgens. Aufwachen mit nervösem Herzschlag. Blick ins Dunkel des Raumes. Schreckvolle Erwartungen der Hand. Nichts. Erste Zigarette, manchmal auch schon einen ersten Dujardin. Zurücksinken. An der Decke hängt ein Poster von Dizzy Gillespie ohne dicke Backen. Es beruhigt. Manchmal kehrt der Schlaf zurück, meistens stundenlanges Grübeln, immer über die gleichen Themen: Kindheit, Jugend – jeder Tag wandert durch den wunden Kopf und vor allem der eine Tag. Irgendwann um 13.00 Uhr aufstehen und erst mal die Sonnenbrille auf. Im Raum herumlaufen, auf der Achterspur, wo der Türkenteppich abgewetzt ist. Auf dem Fensterbrett ab und zu Kaffee abstellen, so stark, dass er dort auch ohne Becher stehen könnte. Viele Zigaretten, Simon Arzt. Viel Arzt – viel Gesundheit. Ab und zu an die Wand spucken, über und über gesprenkelt. Zeichen der

Abscheu. Wieder einen Dujardin. Zusammenballen im Innersten, konvulsivisch, um es auszustoßen. Dann ein plötzlicher Sprung zur Schreibmaschine, Überraschungsangriff. Speichelbomben schmieren die Lettern, dann prügeln sie auf das weiße Papier ein. Vergewaltigung. Seite für Seite unter angstvollem Drängen.

Irgendwann plötzlich: Stopp. Kein Nachlesen, es ist alles richtig. Dujardin. Um 17.00 Uhr auf dem Set. Reinkommen und den Haufen erst mal zusammenschreien. Sanni Bloch kriegt einen in die Fresse für die Scheißschminke. Gespräch mit Gerd Baum: Ist das verdammte Geld endlich da? Was machen die in München, was glauben die, was hier läuft? Telefonat nach München, beim Wählen plötzlich Risse in der Wirklichkeit, das Bild bricht, für eine Hundertstelsekunde ein Bild aus der Vergangenheit. Panik, Zusammenbruch. Schnell ein Becher Sekt, dann geht es. Wieder in die Hotellobby und den Sauhaufen anbrüllen, die kriegen sonst nichts auf die Schnur. Blick zu Michael, nicken, bereit, okay, den Scheiß einfach drehen. Udo hängt halb eingepennt am Tresen, er kriegt ne Flasche an den Kopf und dreht total ab. Geile Bilder. Fenja Gold sagt, sie kann ohne Drehbuch nicht spielen: Tritt gegen das Schienbein, Schritt zurück und Michael nimmt auf. Das schnalln sie nicht: Sie solln hier keine Rolle abliefern, sie solln leiden, wie iss mir egal. Dreh läuft bis 2 Uhr nachts. Vieles geht nur mit Ohrfeigen und Anspucken, aber dann kommt auch was. Immer wieder Rum oder auch mal Batida. 3 Packungen Simon Arzt bis jetzt und 6 Bidis. Danach mit Udo durch Tanger im Jeep. Eine Nutte steigt ein, 2 Flaschen Likör kommen dazu. Am Hafen wichsen zu zweit, die Nutte soll abhauen.

Kein Höhepunkt. Depressionen, Aggressionen, Frustrationen.

Erstmaliges Aufwachen um 5.30 Uhr. Immer wieder Träume vom Vater. Scheiße bitte mehr Schlaf. Erneutes Eindämmern und Wälzen. Im Traum das Bild von Eisenbahnschwellen. Bin zwischen den Schwellen bis zur Hüfte eingegraben. Der Zug kommt rasend näher. Die Lokomotive sieht aus wie eine Frau als Faust. Sie fährt mir mitten in die Fresse. Hochschrecken. Husten und spucken. Die Wände sind mit Zeitungen tapeziert. Nur arabische Lettern, kann ich nicht lesen. Desinteresse an der schmerzhaften Erektion und erstma n Becher Kaffee ins Gesicht. Wieder im Zimmer umherlaufen. Trage heute hautenge Tigerjeans und nen Seidenspencer. Passt irgendwie zu meinem Käfigtanz hier drinnen. Blick über die Flachdächer von Tanger. Unbeschreiblicher Lärm da draußen und keine Scheiben im Fenster. Dämlicher Hühnerhaufen. Der verdammte Dujardin ist alle. Verletzungen beim Rasieren. Spucke auf den Spiegel, kann man sowieso nicht mehr viel drin sehen, ich spucke immer rein, wenn ich mich sehe. Es ist halb elf. Muss zur Hotelbar wegen Schnaps. Abhängen am Tresen. Alleine. Es ist unerträglich heiß hier. Die Ventilatoren an den Decken sind ein verdammter Beschiss, da tut sich gar nichts. Pastis haben sie hier, das ist gut.

Um 17.00 Uhr auf dem Set. Bin total voll. Sanni kriegt nen Tritt in den Arsch, weil sie gerade da ist. Beste Laune. Udo und ich fallen uns in die Arme. Die Scheißcrew soll aufbauen, lass das Licht brennen, bis wir aufhören zu drehen. Heute kommt Hanna, wo ist die Nutte? Gerd Baum soll sie holen. Los – beeilen, ich spucke ihm von hinten in den Nacken. Er dreht sich um und schlägt mit der flachen Hand voll zu. Meine Welt wird schwarz, Bilder fallen wie Schnee vom Himmel, ich kippe zur Seite um und schlage mit dem Kopf auf einem Barhocker auf. Ein Ohrläppchen reißt ein. Ich bleibe krumm liegen und weine. Der Dreh muss abgebrochen werden, Udo fährt mich nach Hause, Kiste Bier wird besorgt wegen den Schmerzen.

Aufwachen so um 4 Uhr morgens. Udo liegt nackt auf dem Boden und pennt. Festkrallen am Bettlaken. Nicht aufstehen, keinen Alkohol nehmen, liegen bleiben und weiterschlafen … bitte! Mehrmaliges Wichsen, leichte Beruhigung. Blättern im

Ikonenbuch, zähe Zeit. Wenn es einem schlecht geht, ist die Zeit wie Klebe. Kapitulation: Zur Kiste, 3 Bier mit ins Bett und schnell hintereinander geext. Dann auf den Rücken legen. Warten, langsame Besserung, warten. Und dann pissen müssen, das ist das Letzte. Schlaftabletten. Erneutes Aufwachen so um 11.00 Uhr. Es stinkt. Udos Muskeln haben versagt. Ich bin angeekelt. Alles tut weh.

Um 17.00 Uhr auf dem Dreh. Alle sind da, nur Sanni nicht. Wo ist die Scheißkuh? Gerd entschuldigt sich, ich beschließe, ihn später fertig zu machen. Ich werde ihn einfach nicht bezahlen. Hanna und Eddie sind beide da. Sie sitzen am Glastisch und trinken Havanna Club. Große Begrüßung, Komplimente, Getränke. Eddie sieht beschissen aus. Wo ist das Drehbuch? Scheiß auf das Drehbuch, ich beschreib euch die Idee und ihr sprecht dazu, was euch einfällt.

Gut. Drehbeginn. Alle an den Tresen und jetzt: Barstimmung. Eddie, geh mittenrein, schnapp dir einen und schlag den zusammen. Ja. Hanna los, tanzen! Ja, einsam und verloren. Der Blick muss leerer sein. Wo ist die Scheiß-Sanni, wir brauchen Schminke für Hanna, die iss nicht bleich genug. Irgendein Arschloch bringt Puder. Tanzen, weiter, die Männer haben dich kaputtgemacht. Udo, nimm das Glas und schlag es am Tresen kaputt. Okay, jetzt hau ab. Eddie, umdrehen und hin zu Hanna. Und jetzt hau ihr eine rein. Eddie tritt Hanna gegen das Schienbein. Sie schreit und fällt hin. Ich brüll den Idioten an. Das ist ja wohl das Dümmste, was einem einfallen kann, das war noch nicht mal mit im Bild. Er ist total sauer und haut ab. Hanna kann nicht mehr gehen. 2 Assis tragen sie in ihr Zimmer. Gerd sagt, dass München das Geld nicht schicken will, bevor sie nicht Muster gesehen haben. Mir bleibt die Luft weg. Muster? Ich rufe direkt selber bei Becker an. Ich versuche erst nett, dann schreie ich das Schwein an. Er will trotzdem Muster. Da gibt es aber noch nichts zu sehen. Das kostet außerdem zu viel, mit dem

Transport und allem. Das ist dem Schwein egal. Ich sage ihm, dass ich ihn ernsthaft umbringen werde. Ist ihm egal. Was soll ich bloß machen, wir haben noch fast nichts gedreht in diesen 2 Wochen. Er soll selber kommen und sich umschauen. Er sagt zu. Das ist gut, so kommt er in meine Reichweite. Solange die Idioten nicht drehen können, spiele ich selber irgendwas. Michael soll einfach raufhalten. Mehrere Schnäpse und dann Longdrings. Ich sauf mir den Kram schweigend rein und Michael dreht das. Ist vielleicht was dabei. Scheiße, mir fällt nichts ein, Scheiße. Verdammte Scheiße. Wie geht das weiter? Wir müssen Becker drehen, der darf das gar nicht merken. Das iss doch ein Thema! Der tyrannische Marionettenspieler wird von den eigenen Puppen gelenkt. Es muss alles perfekt vorbereitet sein, wenn er kommt, alle Schemata müssen durchdacht sein, alle Möglichkeiten ausgecheckt. Es muss gut aussehen und wir müssen ihm das Geld abnehmen, beides! Udo kommt. Er findet die Idee sehr gut. Drehschluss. Wir fahren mit dem Jeep vor die Stadt. Wir haben Wodka dabei. Langes Gespräch über unsere Familien. Sein Trauma liegt eher bei der Tante, sie war abweisend zu ihm. Er weint, aber ich stoße ihn aus dem Auto, weil ich das ekelhaft finde. Dann erzähl ich ihm was von meinem Vater, Udo ist fasziniert. Ich bin breit und erzähle ihm, wie ich einmal fast eine Ohrfeige von meinem Vater bekommen hätte. Ich fange ebenfalls an zu heulen. Udo stößt mich aus dem Auto und ich lecke Sand wie ein Hund. Ich bin am Ende, jeder kann sehen, dass ich ganz unten bin, ich bin der Letzte, der es erkennt.

Stunden später. Vertrocknetes Aufwachen. Immer noch der gleiche Platz. Udo ist abgehauen. Mein Kopf ist klar. Ich gehe zu Fuß nach Hause und denke über vieles nach. Ein Typ bietet mir Opium zum Kauf an. Es ist früh und ich habe nichts zu tun. Zu Hause wird das Zeugs reingeraucht. Abflug.

Um 17.00 Uhr gehe ich auf den Dreh. Bin immer noch leicht drauf. Mache auf nett und schreie niemanden an. Hanna iss wieder fit, sie hat einen blauen Fleck am Schienbein, Sanni schminkt das weg. Eddie macht auf normal. Den verfickten Udo ignoriere ich, er stiert mich mit seinen hängenden Augen ständig blöde von der Seite an, wie mich das ankotzt. Wo ist Gerd Baum? Im Büro. Wann kommt Becker? Er ist schon da. Was? Ja, er kommt um 18.00 Uhr aufs Set. Herzrasen. So eine Dreckscheiße, warum sagt mir das niemand? Keiner hats gewusst. Alkohol, schnell und viel. Wo ist Michael? Aha. Also, pass auf, du musst alles drehen, egal, er darf es bloß nicht merken! Okay? Er soll die ganze Scheiße offenbaren, er soll Druck ausüben und er darf nicht wieder gehen, ohne das Geld hier gelassen zu haben. Verstanden.

Um 19.00 Uhr ist die Ratte immer noch nicht da. Hätte es wissen müssen, er spielt seine Rolle als Machthaber aus. Ich spucke nervös und viel. Hier gibts keine klaren Spiegel mehr. Wir drehen, mehr zum Scherz, ein paar Dialoge aus Casablanca nach. Eddie ist gut. Hanna kann ja sowieso nicht spielen. Um acht kommt das Schwein. Michael dreht. Er kommt rein und wir begrüßen uns. Ich mach auf gestresst, aber freundlich: – Und, wie gehts, wie war die Reise, Sie hätten uns aber auch wirklich sagen können, dass Sie kommen.

– Nein, es sollte eine Überraschung werden.

– Warum denn das, wollen Sie uns etwa kontrollieren?

– Nein, natürlich nicht, ich dachte, Sie freuen sich.

– So ne Heuchelei, warum sollten wir uns freuen, wenn Sie uns bespitzeln, und haben Sie überhaupt Geld dabei, sonst läuft hier gar nichts mehr. Uns geht schon das Material aus.

– Jaja, aber erstmal Material sehen.

– Nix da, wir lassen uns nicht in die Karten schauen, Sie kriegen Ihren Film, aber erst, wenn er fertig ist.

– Na, dann sehen Sie doch zu, womit Sie den drehen, von mir kriegen Sie so nichts.

Er dreht sich um und geht zur Tür. Ich reiße eine Flasche vom Tresen und springe hinter ihn. Er schaut über die Schulter und ich schlage ihm die Flasche über den Kopf. Er geht zu Boden. Ich schreie auf ihn ein und beschimpfe ihn. Dann kriege ich einen Schrecken. Er ist tot. Blick zu Michael. Hast du's? Kopfschütteln. Das Material ist just in dem Moment zu Ende gegangen. Ich kann es nicht glauben. Ich breche zusammen. Auf dem Boden krieche ich zu Becker. Ich wühle in seinen Taschen. Im Jackett hat er ein Kuvert. Ich öffne es. Es sind Tausender. Alle starren mich an. Ich sehe die Erleichterung in den Augen. Allen ist klar, was zu tun ist, ich brauch es nicht erst zu formulieren. Material kaufen und die gesamte Szene nachdrehen. Eddie spielt den Becker, der Film endet da, wo wir Material kaufen, um die Szene nachzustellen. Perfekter Schluss.

DIE HAMBURGER SCHULE
ZWEITER TEIL

Hilsberg hatte seit ein paar Jahren ein cooles Label am Laufen, das «Zick Zack» hieß, und dort wurden nun einige der Platten veröffentlicht, die aus unserer kleinen Keimzelle des guten Geschmacks kamen. Die Ersten, die eine LP fertig hatten, waren die Jungs von Selig. Sie hatten zusammen mit den Suppenwürfeln im Alienstudio einen anstrengenden Hirnkrampf aufgenommen, der den Titel «Splendid Tongues • Hintertür Ochlokratie!!!» trug. Niemand, auch nicht in unseren Kreisen, konnte dieses Frühwerk verstehen, eher waren wir alle genervt, keiner ahnte, dass mit dieser Platte der Kurs festgelegt worden war, der zu jenem Meer neuer Ausdrucksformen führen sollte, in dem wir heute wie selbstverständlich schwimmen. Das Nächste, an das ich mich erinnere, waren ein paar Singles, z.B. «Ich bin ein Idiot im Wind» von Knarf Rellöm etc., und dann die erste LP von Kolossale Jugend mit dem Titel «Riss».

Diese Platte stellte die früheste offizielle Hamburger-

Schule-Veröffentlichung dar und ihre Songs wurden nicht nur heiß diskutiert, sondern liefen auch auf jeder Party. Es war eine Platte, die einen wirklich berühren konnte, ich erinnere mich noch genau an meine Lieblingslieder: «Zerliebt», «Auf Körpern übernachtet und versagt», «Kaputtgedacht» und das unvergessliche «Sanftflug». Es war der Sommer 1991, wir waren viel auf Fahrradtouren oder Gartenpartys und immer im Rausch dieser Musik, die mit ihren harten Schlagzeugbeats und ihren weichen Keyboardflächen Abgründe überwand. Die Kolossale Jugend öffnete die Grenzen und wir fielen scharenweise ein in den Kontinent des befreiten Ausdrucks.

Wenn ich jetzt nach all diesen Jahren Christoph Schreuf, den Sänger von K.J., treffe, dann lehnen wir uns manchmal ein wenig sentimental zurück und schwärmen bei einer guten Tasse Tee über diese urigen, skurrilen, verrückten und auch unschuldigen Zeiten unseres künstlerischen Aufbruchs, und tief in uns drin wissen wir beide – und wahrscheinlich auch der Rest von uns: Die Hamburger Schule war die beste Zeit unseres Lebens.

DER AUFSTIEG

1989 begann die Zeit des unaufhörlichen Aufstiegs unserer Vision, nicht allein auf Hilsbergs Label, sondern auch auf zahllosen anderen. Pascal Fuhlbrügge von der Kolossalen Jugend und Max Dax gründeten L'Age d'or (Le Arsch Dor – wie es in Insiderkreisen genannt wurde, weil sich die beiden Inhaber in kürzester Zeit einen goldenen Arsch verdienten). Aus L'Age d'or wurde später Motormusik. Zeitgleich mit L'Age d'or machte Ale Sexfreund von den Goldenen Zitronen sein Label Buback auf. Ale spezialisierte sich allerdings von vornherein eher auf Liedermacher und Poesie in der Musik. Er verkaufte alte Drucke von Liebesbriefen berühmter Leute und musste 1991 Konkurs anmelden.

Unzählige andere Labels schwammen im Strom mit und erlebten eine kurze, aber heftige Blüte. Malern wie z. B. 5000 oder auch Daniel Richter gelang es, durch das Designen der Cover unserer Bands zu schnellem Ruhm zu kommen, den sie beide nachhaltig ausbauen konnten, 5000 als Besitzer mehrerer Galerien in Eppendorf und Richter als Verfasser und Verleger der Reihe: «Die zärtlichen Schriften – erotische Prosa im Wandel der Zeiten». Es gehörte recht bald schon zum guten Ton, deutsche Texte zu dichten und zu singen, zumindest in der Avantgarde des Mainstreams, und somit wurden wir langsam, aber unaufhaltsam zu einem ökonomischen Faktor für den Finanzstandpunkt Hamburg.

Nach wie vor hielten wir unsere strengen Regeln ein und trafen uns mindestens einmal die Woche im Goldenen Stern, aber auch schon öfter im Restaurant Nil. An einem Oktoberabend im Jahr 91 hatten wir also wieder ein Treffen und es waren wie erwartet alle im für uns bereitgestellten Vereinsraum erschienen. Die Zahl unserer Mitglieder war mittlerweile auf über fünfunddreißig angestiegen und wir überlegten, die Truppe in Vorstand und Normalmitgliedergruppe aufzuteilen, um sie überschaubarer zu machen. Am Kopfende des Tisches saß wie immer Hilsberg. Der Erfolg tat ihm gut, er sah regelrecht aufgeblüht aus. Ich sah ihn das erste Mal ein Bier bestellen, ein Zeichen besonderer Ausgelassenheit.

«Freunde», sprach Hilsberg, «die Hamburger Schule ist zu einem Erfolgsprojekt geworden, wir haben hier ein Rassepferd, mit dem wir jedes Rennen gewinnen können, unsere Vision und unsere Ausdauer machen sich jetzt bezahlt, die Ernte kann beginnen.»

Wir klatschten laut, denn jeder von uns hatte das Gefühl, an diesem Erfolg beteiligt zu sein. Dann beschlossen wir in seltener Einvernehmlichkeit, diese Erfolgssträhne nicht abreißen zu lassen. «Kommerzieller Erfolg durch inhaltliche Nonkonformität, ich hätte das nicht gedacht – dass wir es schaffen!», sagte Michy Reinke. Wir legten eine Art Masterplan, eine Zukunftsroute fest, nach der wir handeln wollten. In unseren Reihen waren mittlerweile einige Werber von Springer und Jacoby und vom Goldenen Hirschen, namentlich Nicki Reidenbach, Carol Rautenkrantz und Petra Husemann. Diese drei wollten groß angelegte Werbekampagnen für die Bands der Schule und für die Schule selber machen. Die Idee war, den Hamburger Impuls in Deutschland so zwingend zu machen, dass keiner mehr an uns vorbeikonnte, dass man sich an uns orientieren musste, dass junge Bands wie unsere klingen wollten und große Stars Kontakt zu uns suchen sollten.

Wir wählten fünf Bands aus, die über einen 7-Jahres-Plan aufgebaut werden sollten, um zu den Hauptstützen unserer Basilika zu werden. Vor allem sollten sie uns finanzielle Unabhängigkeit bringen. Diese Bands waren Die Stars (die sich später in Die Sterne und noch später in 5 Sterne de Luxe umbenennen sollten), Knarf Rellöms Monkeymen, The Land von Michy Reinke, Die Waltons mit Heiner Ebber und ein paar ganz junge Newcomer namens Torkotronic. Jede dieser Bands hatte einen emotionalen Dienstleistungsbereich beim Konsumenten abzudecken. Die Stars waren eher fürs Grobe, Zottelige da, die Monkeymen erledigten das Intellektuell-Fröhliche, The Land waren die Popmystiker mit den romantischen Melodien, Die Waltons eine eher einfache und funkpunkige Stimmungsorgie und Torkotronic die Sexpriester. Mit einem massiven Promotionpaket im Rücken sollten diese Traber ins Rennen geschickt werden, und dieses Promotionpaket war kein erkauftes, wurde nicht durch gewaltige Werbeetats finanziert, sondern bestand aus reiner Menpower, guten Ideen und vollem Engagement. Beziehungen spielen lassen, mit wichtigen Medienleuten reden, diese überzeugen, die richtigen Kanäle öffnen, das waren unsere Methoden. Wir waren so jung und voller Feuer und bei all dem Erfolg hatten wir auch noch Spaß, uns ging der Humor niemals aus, wir waren so lustig drauf, wie man es sich nur schwer vorstellen kann.

Zeitgleich mit den ersten realistischen Erfolgen unserer Hauptinterpreten (alle anderen machten selbstverständlich auch weiterhin ihr Ding, ihre Musik) sinnierte ich mit Hilsberg darüber nach, dass wir für unsere Schule einen eigenen Aufenthaltsraum brauchen würden, eine Begegnungsstätte der jungen Wilden. Ich hatte am Hafen ein kleines schickes Häuschen ausgeguckt, mit einem Café, das nur noch unregelmäßig geöffnet war. Es wurde von einem alten Bayern betrieben, einem gewissen Norbert Kahl, und dieser wollte den Laden loswerden. Hilsberg und ich übernahmen ihn kurzerhand, ließen dort einige Wochen renovieren und benannten ihn um in «Heinz Karmers Tanzcafé». Wir hatten die ganzen Räumlichkeiten ein bisschen auf alt trimmen lassen, als wäre das Ding 'ne uralte, runtergekommene Kneipe mit schimmligen Wänden und stinkenden Klos.

Im Januar 1990 fand das Eröffnungsfest statt und wir hatten die gesamte Hamburger Szeneprominenz eingeladen. Das Fest war ein Knaller und das «Heinz Karmers» schlug ein wie die Bombe. Irgendwann an diesem Abend stand ich mit 'nem Glas Tee in der Hand vor der Tür, als Schorsch Kamerun vorbeikam. Er fragte mich, ob er nicht auch bei dem Laden mitmachen dürfte. «Na klar», sagte ich kurzerhand und besorgte ihm sofort einen Tresenjob. Er freute sich tierisch, weil er ja so gern mit Menschen zu tun hatte und vor allen Dingen quatschen konnte wie ein Wasserfall. Ich wusste, dass wir mit Schorsch einen guten Fang gemacht hatten, denn viele junge Szeneleute standen auf den flippigen Zitronensänger.

Die anderen Jobs wurden auf ähnliche Art und Weise vergeben und innerhalb kürzester Zeit hatten wir einen fluktuierenden Treffpunkt der Avantgarde, Umschlagplatz für alle wichtigen Informationen, die man brauchte, um ganz vorn dabei zu sein. Hilsberg persönlich übernahm den Job des Impresarios, der die Gäste und VIPs an der Tür begrüßte und die auftretenden Acts ansagte. Es spielten dann auch nur die besten Leute bei uns, keiner, der in der deutschen Popmusik was gelten wollte, konnte an unserem Laden vorbei, denn hier bestand das Publikum quasi aus Stars, hier spielte man vor den Stars, die die Trends setzten.

DER ABSTIEG

Nach einer Reihe von glanzvollen Jahren, deren Geschehnisse mir hier nicht erwähnungsbedürftig erscheinen, weil sie sowieso jeder aus der Zeitung kennt, fingen die Dinge an, sich zu verändern. Wir waren uns untereinander nicht mehr einig, waren alle berühmt geworden (dank unseres Konzepts), und jetzt waren wir irgendwie satt, keiner verspürte mehr den Drang, etwas verändern zu müssen, etwas sagen zu wollen. Wir trieben uns nur noch in den teuersten Restaurants herum, um möglichst viel mit VIPs zu tun zu haben, eine normale Welt gab es für uns nicht mehr. Alfred Hilsberg kollaborierte mit Major-Firmen, ihm war nichts mehr heilig außer seinem geliebten Geld, und in seinen besten Zeiten überflog er das Land gleich mehrmals am Tag, manchmal sogar, wenn er gar nicht gedatet war, rein um den «Insignien der Macht» (wie er sie nannte) – Flugzeug, Laptop, Handy (damals noch ein halber Rucksack) – treu zu sein.

Man machte sich in seiner Abwesenheit allgemein über ihn lustig, aber tunlichst nicht, wenn er zugegen war, denn er hatte gefährlich viel Macht. Alle seine privaten Zöglinge hatten Angst vor ihm, er war ihr Cäsar, und sie dachten darüber nach, ihn zu beseitigen. Manchmal zog er mit seiner kleinen Schar durch eine Flughafenlobby und ließ eine Spur der Vernichtung hinter sich zurück. Wenn sich jemand darüber muckierte, wurde ihm das Maul mit Geld gestopft. Hilsberg war nicht der Einzige, der diesen dekadenten Weg in den Untergrund beschritt, wir taten es kollektiv, man hasste uns für dieses Auftreten, ich ekle mich selber davor, wenn ich daran zurückdenke. Unsere regelmäßigen Treffen wurden zu Orgien mit den Schönen und Reichen der deutschen Szene, längst trafen wir uns nicht mehr im Goldenen Stern und auch nicht mehr im Heina Karmers, für uns gab es nur noch Le Canard und die Nobelpuffs in der Milchstraße. Michael Ammer stopfte uns derart mit Koks zu, dass wir nicht mehr wussten, wo morgens die Sonne aufging.

In einem Spex-Interview im Septemberheft 95, das mit der Band The Fishmob und ihrem Sänger Stefan Klöben geführt wurde, stand zu lesen: «Wir wollen uns absetzen von dem grauenhaft langweiligen Scheiß, der hier musikalisch das Land regiert: Heintz Rudolf Kuntze, Herbert Westernhagen, Pur, die öde Hamburger Schule, das ist doch alles Schnee von gestern, regressive Scheiße, diese Zeit ist vorbei, wir bringen etwas Neues …»

Das war der Moment, in dem auch ich begriff, dass es vorbei war, dass wir am Ende waren, dass jetzt andere die Parolen von sich gaben, mit denen wir selber noch vor einiger Zeit agitiert hatten. Ich fuhr, obwohl ich total verkatert war und ziemliche Nasenschmerzen hatte, sofort zu Hilsberg, um mit ihm zu reden. Wir waren uns beide einig, dass es an der Zeit für eine Tabula rasa sei, und beriefen ein Gesamttreffen des Vorstandes ein, das noch am gleichen Abend im Cuneo abgehalten wurde. Nach einer dreistündigen vergeblichen Debatte und viel Prosecco erklärten Hilsberg und Jochen die Hamburger Schule für aufgelöst. Es gab ein Riesenhickhack und einige erboste Widersacher. Bernadette Hengst von Die Braut haut ins Auge und Thieß Minter von

Die allwissende Mozartkugel meinten, dann würden sie eben allein weitermachen oder sich neue Leute für eine «Neue Hamburger Schule» suchen usw., aber das Ende war nicht mehr abzuwenden: An diesem Abend wurde die Hamburger Schule offiziell zu Grabe getragen.

Jetzt, Jahre danach, kann ich wieder darüber schmunzeln, und manchmal erfasst mich ein romantischer Lufthauch, wenn ich zurückdenke an unsere Jugend, unsere Träume und die wunderbaren Jahre am Anfang unserer kleinen Verbindung. Manchmal treffe ich mich heutzutage mit Jochen Distelmeyer, mit Christoph Schreuf und Schorsch Kamerun, und wir schauen uns Fotos oder Dias von früher an, hören unsere alten Platten und trinken eine gute Tasse Tee. Dann sind wir für einen kurzen Moment wieder vereint, und das ist sehr schön so.

Im Großen und Ganzen aber ist das Haltbarkeitsdatum für einen Popstar irgendwann ab dreißig überschritten und man wendet sich anderen Dingen zu. Jetzt ist es zum Beispiel die Literatur. Ich habe zusammen mit meinen guten Freunden Benjamin von Stuckrad-Barre, Joachim Bessing und Uwe Kopf einen Literaturzirkel gegründet, wir planen ein gemeinsames Buch mit dem programmatischen Titel «Am Ende von Sardonien».

EPILOG

Liebe Leser, das war ein Überblick über mein Leben.

Ich hoffe, Sie machen nicht den Fehler, Ihr eigenes Leben mit dem auf all diesen Seiten beschriebenen zu vergleichen, es wäre ein sinnloser Versuch, denn nur durch eine außergewöhnliche und zufällige Komprimierung des Schicksals ist eine derartige Ereignisdichte überhaupt möglich, sie war nicht gewollt, im Gegenteil, sie bringt einen großen Leidensdruck mit sich, das Leben scheint kaum zu bewältigen.

Nun, ich bin stark und gewillt, weiterzumachen, allein, um aus diesem Sturm zu berichten.

Ich weiß sehr wohl, dass dieses Buch nicht viel bewirken kann, aber ich will trotzdem einen Beitrag damit leisten, und zwar zur Welt. Alles Gute.

Für immer:

[Unterschrift]

PS: Machen Sie nie eine Tür hinter sich zu, lassen Sie immer alles offen stehen, Sie werden sehen: Es bringt was.